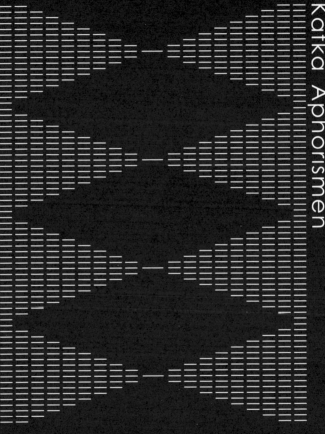

Kafka Aphorismen

엮고 옮긴이 편영수

서울대학교 독문과를 졸업하고 같은 과 대학원에서 카프카 연구로
문학박사학위를 받았다. LG 연암문화재단 해외연구교수로 선발되어 독일
루트비히스부르크대학교에서 수학했다. 한국카프카학회 회장을 역임했으며
현재 전주대학교 명예교수로 있다. 지은 책으로는『카프카 문학의 이해』
『프란츠 카프카』가, 옮긴 책으로는『프란츠 카프카』『카프카와의 대화』
『카프카의 엽서』『나의 카프카』『변신·단식 광대』(공역),『실종자』등이 있다.

채석장
카프카의 아포리즘

제1판 제1쇄 2021년 12월 31일
제1판 제3쇄 2024년 2월 20일

지은이 프란츠 카프카
엮고 옮긴이 편영수
펴낸이 이광호
주간 이근혜
편집 최대연 김현주
펴낸곳 ㈜문학과지성사
등록번호 제1993-000098호
주소 04034 서울 마포구 잔다리로7길 18(서교동 377-20)
전화 02)338-7224
팩스 02)323-4180(편집) 02)338-7221(영업)
전자우편 moonji@moonji.com
홈페이지 www.moonji.com
ISBN 978-89-320-3946-6 03850

카프카의 아포리즘

Kafka Aphorismen

프란츠 카프카   편영수 엮고 옮김   **문학과지성사**

일러두기

* 이 책은 카프카의 일기, 메모장, 팔절판 노트, 편지와 산문 등에서
  비유와 역설의 성격이 두드러진 195개의 짧은 글을 발췌해 모은
  것이다. 이 책에 수록된 글들은 주로 2007년 독일 데테파우dtv
  출판사와 체하베크C. H. Beck 출판사에서 '세계 지혜의 작은
  도서관' 시리즈로 출판된 『프란츠 카프카. 인생, 예술 그리고
  신앙에 관한 성찰*Franz Kafka. Betrachtungen über Leben, Kunst
  und Glauben*』이라는 책을 참고해서 선택됐다. 아포리즘 성격을
  띤 일상의 관찰과 철학적 고찰, 문학적 단장, 잠언, 격언 등을 담은
  이 독특한 기록의 선집選集은 카프카의 세계를 해명하는 열쇠를
  제공해준다.

차례

인생에 대하여

1. 인간과 인생

그러나 불평한다고 목에서 맷돌이 떨어져 나가지는 않는다
네. 특히 맷돌을 좋아하는 경우에는.

오스카 폴락에게 보낸 편지, 1903년 11월 8일

초여름에 즐겁기는 아주 쉽네. 사람들의 마음은 명랑하고, 발
걸음은 만족스럽고, 미래의 삶에 애착을 갖지. 사람들은 동양
적이며 기묘한 것을 기대하지. 그러고는 모험적인 유희가 기
분 좋고 떨리게 만든 것을 다시 익살스러운 인사와 활기찬 말
로 부정하지. 사람들은 헝클어진 침대에 앉아서 시계를 쳐다
보지. 시계는 늦은 오전을 가리키고 있어. 그러나 우리는 상
당히 부드러운 색과 폭넓은 시야로 저녁을 색칠하고 있네. 그
리고 우리는 기뻐서 누 손이 새빨개지도록 박수를 치지. 왜냐
하면 우리의 그림자는 길어지고 저녁에 어울릴 정도로 아주
아름다워지기 때문이지. 우리는 치장이 우리의 본성이 될 것
이라는 은근한 희망을 품고서 치장을 한다네. 그리고 누군가
우리에게 인생의 의도에 대해서 묻는다면, 봄에는 손을 활짝
펴서 흔드는 것으로 대답을 대신하지. 얼마 후에 손을 흔드는

것도 힘이 떨어지지만 말이네. 봄에 우리에게 인생의 의도에 대해서 묻는 것은 마치 안전한 물건을 지키기 위해 마법을 부리는 것이 터무니없이 불필요한 것과 같다네.

막스 브로트에게 보낸 편지, 1904년 8월 28일

우리는 제멋대로 부는 바람에 실려 간다네. 우리가 가느다란 열 손가락 끝으로 무릎을 누르면서 맞바람에 맞서거나 말을 내뱉어서 안심하려고 한다면, 그것은 분명히 익살스러울 거네. 예전에 우리는 우리 자신에 대해 눈곱만큼도 분명하게 알고 싶지 않을 만큼 겸손했지만, 이제 그 어떤 허약함 때문에 우리 자신을 분명하게 알고 싶어 하는 일이 생긴 거야. 물론 우리 앞에서 천천히 총총걸음으로 걷는 어린아이들을 붙잡으려고 애쓰는 것처럼 장난삼아 하는 방식이기는 하지만 말이네. 우리는 두더지처럼 흙을 파 헤집지. 온몸이 더러워지고 머리카락은 헝클어진 채, 파묻힌 모래 언덕에서 기어 나오지. 따뜻한 동정심을 불러일으키려고 불쌍한 붉은 작은 발을 위로 뻗으면서 말이네.

막스 브로트에게 보낸 편지, 1904년 8월 28일

우리는 눈 속에 파묻힌 나무와 같다. 겉보기에 나무들은 불안하게 서 있어 작은 충격에도 옆으로 쓰러질 것 같다. 아니, 그럴 수는 없다. 나무들은 땅에 단단하게 뿌리박혀 있기 때문에. 그런데 사실, 그조차도 단지 겉보기에 그럴 뿐이다.

「나무들」, 1912년

내면에 있는 이 도르래 장치. 작은 레버가 어딘가에서 은밀히 풀린다. 처음에 나는 전혀 그 사실을 알지 못한다. 그런데 갑자기 장치 전체가 움직인다. 시계가 시간에 굴복하듯이, 이해할 수 없는 어떤 힘에 굴복해 여기저기서 딱딱 소리가 들리고 모든 사슬이 연달아 철커덕거리는 소리를 내며 미리 정해진 거리만큼 아래쪽으로 움직인다.

일기, 1913년 7월 21일

자기 인식의 어떤 단계에서, 그리고 관찰에 유리한 또 다른 부대 상황에서 우리가 우리 자신을 혐오스럽게 생각하는 일이 규칙적으로 반드시 일어날 것이다. 모든 도덕 기준은—도덕 기준에 대한 의견은 다양하지만—지나치게 높아 보일 것이다. 우리가 바로 비참한 속내의 쥐구멍이라는 사실을 깨닫게 될 것이다. 우리의 아주 사소한 행위도 이 속내에 의해 더

럽혀질 것이다. 이 속내는 너무 더러워서 자기관찰을 하는 동안 우리는 이 속내를 가까이에서 곰곰이 생각하려 하지 않고, 멀리서 바라보는 것만으로 만족할 것이다. 이 속내는 단지 이기주의가 아닐 것이다. 속내에 비하면 이기주의는 선과 미의 이상이다. 우리가 발견할 더러운 것은 더러운 것 그 자체를 위해 존재할 것이다. 우리는 우리가 이러한 짐을 잔뜩 진 채 이 세상에 태어났고 이러한 짐 때문에 아무것도 모르고 혹은 너무 많이 알고 다시 떠나게 될 것임을 깨닫게 될 것이다. 이 더러운 것은 우리가 발견할 가장 밑바닥일지도 모른다. 이 가장 밑바닥에는 용암이 아니라, 더러운 것이 있을 것이다. 더러운 것은 가장 밑바닥인 동시에 가장 높은 것일 게다. 심지어 자기관찰이 초래한 회의조차 이내 흐릿해지고, 오물에 처박힌 돼지가 뒹구는 것처럼 자기도취에 빠지게 될 것이다.

일기, 1915년 2월 7일

세상의 때 묻은 눈으로 보면, 우리는 긴 터널 속에서, 그것도 입구의 빛이 더 이상 보이지 않고, 출구의 빛도 아주 희미해서 시선이 끊임없이 빛을 찾지만 입구도 출구도 어디인지 모를 정도로 빛이 사라져버린 지점에서 사고를 당한 열차 승객들과 같은 입장에 처해 있다. 그런데 감각의 혼란 때문인지 아니면 감각이 극도로 예민해진 탓인지 우리 주변에 있는 것

은 온통 괴물뿐이고, 개인의 기분과 부상 정도에 따라 무아경
에 빠지게 하거나 피로하게 하는 만화경 놀이뿐이다.

팔절판 노트, 1917년 10월 20일

너는 숙제이다. 사방 어디에도 학생은 없다.

팔절판 노트, 1917년 11월 12일

동일한 인간 속에 완전히 다르면서도 동일한 객체를 갖는 인
식이 존재한다. 따라서 또다시 유감스럽게도 동일한 인간 속
에 서로 다른 주체들이 존재한다고 추정하지 않을 수 없다.

팔절판 노트, 1917년 12월 23일

파괴할 수 없는 것*은 하나다. 모든 개별적 인간이 파괴할 수
없는 것이며, 동시에 모든 인간은 파괴할 수 없는 것을 공통
적으로 지니고 있다. 그 때문에 인간들 사이에 유례없는 불가
분의 결합이 존재한다.

팔절판 노트, 1917년 12월 23일

*   카프카 문학에서 '파괴할 수 없는 것'은 인간에 내재한 신성神性을
     가리킨다.

카드리유* 춤의 규칙은 분명하다. 춤추는 사람들은 모두 그 규칙을 안다. 그 규칙은 모든 시대에 통용된다. 그러나 결코 일어나서는 안 되었을, 하지만 반복해서 일어나는 인생의 우발적인 사건들 중 어떤 우발적인 사건이 너 혼자만을 춤의 대열 사이로 끌고 들어간다. 아마 그로 인해 대열 자체가 혼란에 빠질 수도 있지만 너는 그것을 알지 못한다. 너는 단지 네 불행만 알 뿐이다.

팔절판 노트, 1918년 1월 16일

*   남녀 네 쌍이 추는 춤.

죽음은 우리 앞에 있다. 그것은 마치 교실 벽에 걸린 알렉산드로스 대왕의 전투를 그린 그림과 같다. 우리의 행위를 통해서 이 삶에서 그 그림을 흐릿하게 만들거나 지우는 것이 중요하다.

팔절판 노트, 1918년 1월 25일

인생을 시작하는 데 필요한 두 개의 과제: 너의 활동 무대를 점점 더 좁힐 것, 그리고 너의 활동 무대 바깥 어딘가에 네가 숨어 있지 않은지 계속 살펴볼 것.

팔절판 노트, 1918년 2월 1일

세대의 연속은 네 존재의 연속이 아니다. 하지만 관계는 존재한다. 어떤 관계일까? 세대들도 네 인생의 순간들처럼 사멸한다. 차이는 어디에 있을까?

팔절판 노트, 1918년 2월 10일

산다는 것은 삶의 한가운데에 있는 것이다. 내가 삶 속에서 만들어낸 시선으로 삶을 보는 것이다.

팔절판 노트, 1918년 2월 11일

인간에게는 자유의지가 있다. 그것도 세 가지나 된다. 첫째, 인간이 이러한 삶을 원했을 때 그는 자유로웠다. 그러나 이제 와서 자신의 결정을 철회할 수는 없다. 왜냐하면 그는 더 이상 그것을 원했던 당시의 인간이 아니기 때문이다. 다만 살아가면서 당시의 의지를 실행한다면 가능할지도 모른다. 둘째, 인간은 이러한 삶의 방식과 방향을 선택할 수 있다는 점에서 자유롭다. 셋째, 인간은 언젠가 다시 한번 존재하게 될 자로서, 그 어떤 조건에서도 삶을 뚫고 나가며, 이렇게 자신에게로 돌아오려는 의지를 갖고 있다는 점에서, 게다가 선택할 수 있는 길이기는 하지만 미로와 같은 길에 있다는 점에서 자유롭다. 그런데 인간은 이 삶의 그 어떤 지점을 건드리지 않고

서는 이 길을 지나칠 수 없다. 이것이 자유의지의 세 가지 속성이다. 그러나 세 가지 자유의지는 동시에 존재하기 때문에 한 가지이다. 사실은 자유로운 의지든, 자유롭지 못한 의지든 상관없이 의지를 위한 공간이 존재하지 않을 정도로 한 가지이다.

팔절판 노트, 1918년 2월 22일

여기서는 누구도 정신적 삶의 가능성 이상의 것을 만들어내지 못한다. 그가 식량과 옷을 얻기 위해 일하는 것처럼 보이는 것은 중요하지 않다. 그에게는 눈에 보이는 모든 음식물과 함께 눈에 보이지 않는 음식물이, 눈에 보이는 모든 옷과 함께 눈에 보이지 않는 옷이 제공된다. 이것이 모든 인간의 변명이다. 인간은 여러 변명으로 실존의 토대를 세우는 것처럼 보인다. 그러나 이것은 단지 심리적인 거울문자에 지나지 않는다. 사실 인간은 여러 변명 위에 자신의 삶을 세운다. 물론 누구나 자신의 삶을 변명할 수 있어야 한다(죽음도 마찬가지이다). 이 과제를 누구도 회피할 수 없다.

팔절판 노트, 1918년 2월 25일

우리는 모든 사람이 자신의 삶을 사는 것(혹은 자신의 죽음을 죽는 것)을 본다. 내면의 변명이 없으면, 이러한 성과는 불가능할 것이다. 누구도 변명하지 않는 삶을 살 수는 없다. 이러한 사실이 인간은 여러 변명으로 삶의 토대를 세운다는 견해를 갖도록 우리를 유혹한다.

팔절판 노트, 1918년 2월 25일

인생에서 처음 잘못들, 말하자면 눈에 띄는 처음 잘못들은 아주 기묘하네. 아무도 그 잘못들을 하나하나 철저하게 점검하려 하지 않을 것 같네. 그 잘못들은 보다 높고, 보다 넓은 의미를 지니고 있기 때문이지. 하지만 가끔 철저하게 점검해야만 하네. 갑자기 어떤 경주가 떠오르는군. 그 경주에서는 모든 참가자가 자신의 승리를 확신하고 있지. 인생이 풍부하기 때문에 그럴지도 모르지. 그런데 왜 누구나 승리하지 못하는데도 불구하고 각자 자신의 승리를 확신하는 것처럼 보이는 걸까? 그 이유는 승리를 확신하지 않는 것이 '승리에 대한 확신' 여부가 아니라 적용된 '경주 방식'에서 분명하게 표현되기 때문이네. 누군가 자신의 승리를 굳게 확신한다면, 오직 그가 첫번째 장애물 앞에서 경주로를 이탈해서 다시 돌아오지 않을 때만 그는 승리하게 될 거야. 심판은 이 남자가 승리하지 못하리라는 걸 분명히 알고 있지. 적어도 이 차원에서는 그렇

17

다는 거야. 따라서 이 남자가 맨 처음부터 경주로를 이탈하는 것에 모든 것을 걸고, 더욱이 모든 것을 아주 진지하게 대하는 모습을 구경하는 것은 확실히 교훈적이네.

막스 브로트에게 보낸 편지, 1919년 3월 2일

개인에 대한 후대의 판단이 동시대인들의 판단보다 더 옳은 이유는 죽은 자에게 있다. 죽고 난 후에 비로소, 혼자가 되고 나서 비로소 개별 인간의 특성이 펼쳐진다. 죽는다는 것이 개인에게 갖는 의미는 굴뚝 청소부에게 토요일 저녁이 갖는 의미와 같다. 그는 몸에서 검댕을 씻어낸다. 동시대인들이 그에게 더 많은 피해를 입혔는지 아니면 그가 동시대인들에게 더 많은 피해를 입혔는지가 분명해질 것이다. 그가 동시대인들에게 더 많은 피해를 입혔다면 그는 위대한 사람이었다.

일기, 1920년 2월 19일

현재를 벌써부터 미래의 전쟁터로 만든다면, 어떻게 파헤쳐진 땅 위에 미래의 집을 짓겠습니까?

밀레나에게 보낸 편지, 1920년 7월 8일

18

옛날이 나의 동경이었다. 현재가 나의 동경이었다. 미래가 나의 동경이었다. 그리고 이 모든 것들과 함께 나는 죽는다. 길가 작은 초소에서. 옛날부터 곧추선 관 속에서, 국가 소유의 토지에서 나는 인생을 보냈다, 인생을 파괴하는 것을 자제하는 것으로.

팔절판 노트, 1920년 8월~가을

＊ 카프카의 일종의 삶의 결산이다. 결국 화자인 '나'는 동경의 대상인 과거, 현재 그리고 미래와 함께 작은 초소에서 삶을 마감한다.

인간의 힘들은 오케스트라처럼 생각되지 않는다. 오히려 여기에서는 모든 악기들이 끊임없이 있는 힘을 다해 연주되어야 한다. 그것은 물론 인간의 귀를 위한 것이 아니다. 그리고 모든 악기가 진가를 발휘하기를 기대하는 연주회 밤의 길이는 마음대로 조정되지 않는다.

메모장, 1920년 9월 15일

그것은 하나의 명령이다. 나는 천성적으로 누구도 내게 내리지 않았던 단 하나의 명령만을 받아들일 수 있다. 이러한 모순 속에서, 언제나 오직 하나의 모순 속에서만 나는 살 수 있다. 그러나 어쩌면 누구나 다 그럴지도 모른다. 왜냐하면 사

람은 살면서 죽고, 죽으면서 살기 때문이다. 예를 들어 서커스 공연장은 천막으로 둘러쳐서, 천막 안에 있지 않은 사람은 아무것도 볼 수 없다. 그러나 누군가가 이 천막에서 작은 구멍을 발견하면, 밖에서도 들여다볼 수 있다. 물론 그는 그곳에 있는 것이 허용되어야 한다. 우리 모두에게는 잠시 그것이 허용된다. 물론—두번째 물론이다—그 구멍을 통해서는 대개 입석 관객들의 등만 보인다. 물론—세번째 물론이다—여하튼 음악은 들린다, 동물들의 울부짖는 소리도 들린다. 마침내 그는 놀라 힘없이 뒤로 넘어져 경찰의 두 팔에 안긴다. 경찰은 직업상 서커스 공연장 주변을 돌다가 너의 어깨를 가볍게 두드렸다. 그것은 네가 돈을 내지 않아 조마조마 마음을 졸이면서 구경했다는 부당한 행동에 대해 주의를 주기 위한 것이었다.

메모장, 1920년 9월 15일

가끔 이런 생각이 든다. 너에게는 임무가 있다. 너는 그 임무를 수행하는 데 필요한 만큼의 충분한 힘을 갖고 있다(너무 많지도 않게, 너무 적지도 않게, 네가 힘을 집중해야 하는 것은 사실이지만, 불안해할 필요는 없다). 시간은 네게 충분히 자유롭게 허용되어 있다. 너는 일에 대한 선한 의지도 갖고 있다. 거대한 임무의 성공을 가로막는 장애물은 어디에 있단

20

말인가? 그 장애물을 찾는 데 시간을 허비하지 마라. 아마 장
애물은 없을 것이다.

메모장, 1920년 9월 16일

인생이란 끊임없는 전향이다. 그러나 무엇으로부터의 전향
인지는 결코 의식할 수 없다.

메모장, 1920년 11월

인간은 거대한 늪의 표면이다. 그가 감격에 사로잡히면, 그
전체적인 모습은 이 늪의 구석 어딘가에서 작은 개구리 한 마
리가 푸른 물에 풍덩 뛰어드는 것과 같다.

메모장, 1920년 11월

금욕주의자들 중 대다수는 가장 만족할 줄 모르는 사람들이
다. 그들은 인생의 전 영역에서 단식 투쟁을 벌여서 동시에
다음의 것들을 달성하려고 한다.

1.   어떤 소리에게 이렇게 말하게 한다: 충분하다. 너는
        충분히 단식했다. 이제부터 너는 다른 사람들처럼

식사를 해도 좋다. 그것은 식사로 계산되지 않을 것이다.

2.   같은 소리에게 동시에 이렇게 말하게 한다: 너는 그동안 억지로 단식을 했다. 이제부터 단식은 즐거울 것이다. 그것은 이 세상 어떤 음식보다 더 맛있을 것이다(동시에 너는 실제로 먹을 것이다).

3.   같은 소리에게 동시에 이렇게 말하게 한다: 너는 세상을 이겼다. 나는 너를 세상과 식사와 단식에서 해방시켜줄 것이다(그러나 동시에 너는 단식도 하고 식사도 할 것이다).

게다가 예전부터 금욕주의자들에게 끊임없이 말을 걸어오는 소리가 들린다. '네가 완벽하게 단식하지는 못해도, 너에게는 훌륭한 의지가 있다. 그것으로 충분하다.'

메모장, 1920년 11월

이것은 무대 세트 사이의 인생이다. 밝다. 밝은 아침이다. 그러더니 곧 어두워진다. 벌써 저녁이다. 이것은 결코 복잡한 속임수가 아니다. 그러나 인간은 무대 위에 서 있는 한, 적응해야 한다. 다만 힘이 있다면 배경을 향해서 탈출해도 좋다. 막을 가르고, 막에 그려진 하늘을 찢어낸 조각들 사이를 지

나, 몇 가지 잡동사니들을 뛰어넘어서 좁고 어둡고 축축한 진짜 골목길로 달아나도 좋다. 이 골목길은 극장과 가까워서 여전히 극장 길로 불리지만, 진짜 길이며 진실의 모든 깊이를 지니고 있다.

메모장, 1920년 말

우리는 인생의 범위가 굉장히 넓다는 사실을 한편으로는 인류가 회상할 수 있는 한, 인류에게 말이 넘쳐난다는 사실과 다른 한편으로는 말은 우리가 거짓말하기를 원할 때만 가능하다는 사실에서 알 수 있다.

메모장, 1920년 말

내가 집에 있지도 않았는데, 그 집이 갑자기 무너진 것에 내가 놀라는 것은 아주 당연하네. 집이 무너지기 전에 무슨 일이 일어날지를 알았다면 나는 과연 집을 떠나지 않았을까, 그래서 그 집을 모든 사악한 힘들에 넘겨주지 않았을까?

막스 브로트에게 보낸 편지, 1922년 7월 5일

2. 결혼과 성

총각의 불행은, 겉보기에든 실제로든 상관없이, 여하튼 비밀
의 기쁨 때문에 총각으로 남게 됐다면 그런 자신의 결정을 저
주하게 될 것이라고 주위 사람들이 쉽게 짐작하는 것이다. 그
는 상의의 단추를 잠그고, 양손을 재킷의 윗주머니에 찌른
채, 팔꿈치를 쳐들고, 모자를 깊숙이 눌러쓰고 돌아다닌다.
안경이 눈을 보호하는 것처럼, 타고난 거짓 미소가 입을 보호
하는 것 같다고들 말한다. 바지는 폭이 좁지만 그의 야윈 다
리에는 어울린다. 그러나 누구나 그의 상황을 알고 있고, 그
의 괴로움을 하나하나 열거할 수 있다. 서늘한 바람이 그의
내면에서 그를 향해 불어온다. 그는 두 개의 얼굴 가운데 훨
씬 더 슬픈 얼굴로 자신의 내면을 들여다본다. 그는 끊임없이
움직인다. 하지만 예상 가능한 대로 규칙적으로 움직인다. 그
가 자신의 생각을 결코 표현해서는 안 되는, 생각이 있는 노
예처럼 일을 해주어야만 하는(이것이 가장 악의적인 조롱이
다) 다른 살아 있는 사람들로부터 점점 더 멀어지면 멀어질
수록, 그만큼 더 좁아진 공간이 그에게는 충분한 것으로 여겨
진다. 다른 사람들은 평생 병상에 누워 지냈을지라도 그들의
목숨을 앗아가는 것은 결국 죽음이다. 왜냐하면 그들이 허약

24

하여 오래전에 혼자 쓰러졌다 하더라도, 결혼으로 맺어진 다정하고 강하고 건강한 인척에게 의지하고 있기 때문이다. 반면 그는, 이 총각은, 겉보기에 자진해서, 삶의 한가운데서 점점 더 좁아지는 공간으로 소환되어 죽는다. 그에게는 관이 특히 잘 어울린다.

일기, 1911년 12월 3일

함께 있는 행복에 대한 처벌로서의 성교性交. 가급적 금욕하며 살기, 총각보다 더 금욕하며 살기, 그것이 내게는 결혼을 참을 수 있는 유일한 가능성이다.

일기, 1913년 8월 14일

독신주의와 자살은 유사한 인식 단계에 서 있다. 자살과 순교는 결코 유사한 인식 단계에 있지 않다. 결혼과 순교는 유사한 인식 단계에 있을지도 모른다.

팔절판 노트, 1917년 11월 24일

여자, 보다 정확하게 표현하면, 아마 결혼이 네가 대결해야 할 삶의 대변자일지도 모른다. 이 세계의 유혹 수단과 이 세

계가 단지 통과 지점에 불과하다는 사실을 보증하는 징표는 동일한 것이다. 옳은 말이다. 왜냐하면 그래야만 이 세계는 우리를 유혹할 수 있고, 그것은 진실에 부합하기 때문이다. 하지만 최악은 우리가 유혹당하고 난 후에 그 사실을 망각했고, 그 결과 실제로 선이 우리를 악으로, 여자의 눈길이 우리를 그녀의 침대로 유혹했다는 것이다.

팔절판 노트, 1918년 2월 23일

결혼하고, 가정을 만들고, 태어나는 아이들을 받아들이고, 이 불안한 세상에서 기르고, 심지어 어느 정도 이끄는 것 등은 제 확신에 따르면 한 인간이 해낼 수 있는 최대한입니다. 겉으로 보기에 아주 많은 사람들이 쉽게 해내고 있다는 사실이 반증이 되지는 못합니다. 왜냐하면 첫째로 사실 그런 일을 해내는 사람은 그리 많지 않고, 둘째로는 그 많지 않은 사람들도 대개는 그런 일을 '하는 것'이 아니라, 단지 그런 일이 그들에게 '일어나는 것'이기 때문입니다. 이것은 최대한은 아니지만, 아주 대단하고 존경할 만한 일입니다(특히 '하는 것'과 '일어나는 것'은 선명하게 구분될 수 없기 때문입니다). 그런데 결국 중요한 것은 이 최대한 자체가 아니라, 멀리 떨어져 있지만, 착실하게 최대한에 접근하는 것입니다. 태양 한가운데로 날아갈 필요는 없지만, 때때로 햇볕이 들어 몸을 좀 따뜻

하게 할 수 있는 지상의 순수한 작은 공간으로 기어갈 필요는 있습니다.

아버지에게 드리는 편지, 1919년 11월

그렇다면 왜 저는 결혼을 하지 않았을까요? 모든 사람들처럼 몇 가지 장애가 있었지만, 산다는 것은 그런 장애들을 감수하는 것입니다. 그런데 제 경우에는 유감스럽게도 그런 개별 경우와는 무관한 근본적인 장애가 있었는데, 그것은 제가 결혼할 수 있기에는 명백히 정신적으로 무능력하다는 점이었습니다. 그 점은 제가 결혼하기로 결심한 순간부터 더 이상 잠을 잘 수 없었다는 사실에서 잘 드러납니다. 밤낮으로 머리가 화끈 달아올랐고, 더 이상 생활이란 것이 없었습니다. 저는 절망에 빠져 비틀거립니다. 사실 걱정이 많아서 그런 것은 아니었습니다. 지나치게 신중하고 소심한 성격 탓에 제 주변에 걱정이 무성하게 자라기는 했지만, 그건 결정적인 게 아닙니다. 걱정은 시체를 파먹는 구더기들처럼 저를 조금씩 잠식해 들어오기는 했지만, 제가 결정적으로 상처를 입은 것은 다른 것 때문이었습니다. 그건 바로 불안과 허약함과 자기 경멸이 함께 짓누르는 총체적인 압박이었습니다.

아버지에게 드리는 편지, 1919년 11월

나는 유년기의 행복한 시절, 이러한 관점에서 행복한 시절에 대해 말하는 게 아니네. 그 시절 문은 여전히 닫혀 있었고, 문 뒤에서는 법정이 열렸지(모든 문을 차지한 배심원-아버지는 그때부터 오랫동안 모습을 드러냈어). 그러나 나중에는 하나 건너 소녀들의 육체가 나를 유혹했고, (그 때문에?) 내가 희망을 걸었던 소녀의 육체는 전혀 나를 유혹하지 못했어.

막스 브로트에게 보낸 편지, 1921년 4월 13/14일

나는 소년 시절에 성적인 문제들에 대해 순진했고, 오늘날 가령 상대성 이론에 대해 흥미가 없는 것처럼 그에 흥미가 없었다(만약 내가 억지로 성적인 것들과 마주치지 않았더라면, 소년으로 아주 오랫동안 지냈을 것이다). 내 주목을 끄는 건 천한 것들뿐이었다(이것도 자세한 가르침을 받고 난 후에야 비로소). 예컨대 골목길에서 내 눈에 가장 아름답게, 가장 아름답게 옷을 입은 여자들로 보였던 바로 그 여자들이 저급한 여자들이었다는 사실이 내 주목을 끌었다.

일기, 1922년 4월 10일

3. 가족과 교육

아이를 가질 수 없는 불행한 사람은 자신의 불행 속에 꼼짝없이 갇혀 있다. 그 어디에도 회복의 희망, 행운의 별의 도움을 받을 거라는 희망이 없다. 자신의 핏줄이 끊어지면 그는 불행에 시달리며 살아가야만 하고, 만족해야만 한다. 그리고 보다 긴 여정에서 몸의 상태나 시대 상황이 달라지면, 그가 겪었던 이 불행이 사라질지 혹은 심지어 좋은 결과를 만들어낼 수 있을지 시험하기 위해서 다시 시작해서는 안 된다.

일기, 1911년 12월 27일

어른들의 음모로서의 교육. 우리는 우리 자신도 믿지 않는 핑계를 그럴싸하게 늘어놓아 자유롭게 뛰노는 아이들을 좁은 우리 집 안으로 끌어들인다.

일기, 1916년 10월 8일

우리는 사실 현실의 노동에 도움이 되는 교수법을 터득할 수 없습니다. 하지만 우리는 이성적인 교육학 책의 도움으로 우

리 자신의 교육적 능력을 불러일으킬 수 있고 알게 되고 평가할 수 있습니다. 책은 그 이상은 할 수도 없고 책에서 그 이상을 기대해서도 안 됩니다.

펠리체 바우어에게 보낸 편지, 1916년 9월 18일

언어 교육은 인간 사랑의 첫번째 실천 단계가 중요하다는 확신에 근거하고 있습니다. 여기서 말하는 인간 사랑은 마음으로 상대방을 환대하고, 편협한 자신의 감정에서 벗어나고, 타인의 관념 세계 속으로 밀고 들어가는 것, 즉 관용과 겸손을 확장하는 것으로 표현됩니다. 이를 체험하지 않고 단순히 언어를 습득하는 것만으로는 얻는 것이 거의 없습니다. 우리는 이것을 동일한 언어 공동체 내부에서, 예컨대 계층들이나 여러 세대 사이에 널리 퍼져 있는 화해할 수 없는 대립들에서 보게 됩니다. 이런 의미에서 언어 공동체의 언어를 습득해야만 하는 것입니다.

펠리체 바우어에게 보낸 편지, 1916년 9월 25일

일반적인 역사 교육에서는 도덕적 교훈의 남용처럼 역사의 남용도 아주 빈번합니다. '세계사는 최후의 심판을 내리는 것이다'라는 명제의 증거자료로서 역사를 보려는 관습적인 시

도들은 잘못된 것이고 위험합니다. 오히려 우리는 그 자체로
는 불가능한 역사적 입증을 포기하고, 단지 가해자와 폭행당
한 사람의 영혼에서 폭력을 야기하는 황폐화를 심리적으로
묘사하는 것에 그쳐야 합니다. 단지 이런 방식을 통해서만 우
리를 현혹시키는 역사적 사건의 가상을 무력하게 만들 수 있
습니다.

펠리체 바우어에게 보낸 편지, 1916년 9월 25일

판에 박은 말로—따라서 있는 그대로는 아니지만 거칠게 말
해—내 입장을 다음과 같이 표현할 수 있습니다. 대체로 의
존적인 나는 독립과 자립, 모든 면에서의 자유를 끝없이 갈망
합니다. 집안사람들이 내 주변을 맴돌면서 내 시선을 분산시
키게 두기보다는 차라리 눈가리개를 하고라도 내 길을 끝까
지 걷겠습니다. 그런 이유에서 아주 쉽게 내가 부모님에게 하
는 모든 말들, 부모님이 내게 하는 모든 말들이 나를 넘어지
게 하는 장애물이 됩니다. 내가 스스로 만들지 않은 모든 관
계는, 비록 내 자아의 여러 부분과 반대된다 하더라도, 무가
치합니다. 그것은 나의 보행을 방해합니다. 나는 그것을 증
오합니다. 아니면 증오하려고 합니다. 길은 멀고, 힘은 약합
니다. 그렇게 증오하는 데는 충분한 이유가 있습니다. 그러
나 나는 부모님의 자식입니다. 나는 부모님과 여동생들에게

피로 묶여 있습니다. 나는 일상생활에서 특별한 목적에 집착하느라 이 사실을 의식하지는 못합니다. 그러나 실은 내가 알고 있는 것 이상으로 그 사실을 존중합니다. 나는 증오를 품고 이 사실을 주의 깊게 관찰한 적이 있습니다. 집에서 부부침대와 사용된 침대보, 조심스럽게 놓여 있는 잠옷 등을 보면 구역질이 나려고 합니다. 내장이 뒤집힙니다. 마치 내 출생이 아직 끝나지 않아서, 거듭 이 숨 막히는 삶의 숨 막히는 방에서 태어나고 있고, 그곳에서 거듭 이 사실을 확인해야 하고, 이런 역겨운 일들과 전적으로는 아니더라도 부분적으로 단단히 연결되어 있는 듯합니다. 적어도 걷기 원하는 나의 두 발이 여전히 문제입니다. 두 발은 여전히 처음의 형체 없는 진창 속에 빠져 있으니까요. 그런 적이 있습니다. 하지만 그 다음에 나는 다시, 그들이 결국 내 부모이고 없어서는 안 되는, 거듭 힘을 주는 내 본질의 구성요소이며, 장애물이기도 하지만 본질로서 내 일부분이라는 것을 알게 됩니다. 그럴 때 사람들이 최고의 것을 갖기를 원하듯이 나 역시 최고의 부모를 갖기를 원합니다. 오래전부터 나는 부모에게 악의적이고, 무례하고, 이기적이고, 애정이 없었지만, 그럼에도 언제나 그들을 두려워했습니다. 오늘까지도 그렇습니다. 왜냐하면 나는 결코 부모의 행동을 중단시킬 수 없기 때문입니다. 한편으로는 아버지가, 다른 한편으로는 어머니가 당연하다는 듯이 내 뜻을 꺾었습니다. 나는 내 부모에게 내 뜻을 꺾을 자격이 있다고 평가하고 싶습니다.

펠리체 바우어에게 보낸 편지, 1916년 10월 19일

나는 자식들이 부모들에게 공정하기보다는 대체로 부모들이 자식들에게 더 공정하다는 것을 깨달았습니다. 〔…〕 인정받지 못한 자식들보다 인정받지 못한 부모들이 더 많거나 아니면 적어도 더 오래 지속됩니다.

그레테 블로흐에게 보낸 편지, 1917년 3월 7일

선생은 참된 확실성을 갖고 있고, 학생은 지속적인 확실성을 갖고 있다.

팔절판 노트, 1918년 1월 2일

〔…〕 그것은 마치 최우수 학생이 학년 말에 엄숙하게 상을 받아야 하는데, 기대에 넘치는 정적을 뚫고 최하위 학생이 잘못 듣고서 자신이 앉아 있던 지저분한 맨 끝 걸상에서 걸어 나오자 학생들 전체가 갑자기 웃음을 터뜨리는 것과 같지. 그런데 그건 어쩌면 잘못 들은 것이 아닐지도 몰라. 그의 이름이 실제로 호명됐어. 최우수 학생에 대한 보상은 동시에 선생이 의

도한 최하위 학생에 대한 처벌일 거야.

로베르트 클롭슈토크에게 보낸 편지, 1921년 6월 6일

모든 전형적인 가족은 우선 단지 동물적인 관계를 표현해. 말하자면 유일무이한 유기체, 유일무이한 혈액순환이지. 따라서 가족은 자신에게만 의존하기 때문에 자신을 뛰어넘을 수 없어. 가족은 자신만으로는 새로운 인간을 창조할 수 없어. 가족은 가정교육을 통해 새로운 인간을 창조하려고 하지. 그것은 일종의 정신적인 근친상간이야.

따라서 가족은 하나의 유기체야. 그러나 극히 복잡하고 균형이 잡히지 않은 유기체야. 모든 유기체가 그렇듯이 가족 역시 끊임없이 균형을 추구하지. 부모와 자식 사이의 균형을 위한 노력이 이루어지는 한, 그것은 교육으로 불리지(부모 사이의 균형은 여기에 속하지 않아). 왜 그렇게 불리는지는 이해하기 어려워. 왜냐하면 여기에는 진정한 교육이, 즉 성장하는 인간의 능력을 조용하게, 사심 없이 사랑하면서 발전시킨 흔적이 혹은 독자적인 발전을 조용하게 참아준 흔적이 없거든. 오히려 그것은 적어도 수년 동안 불균형이 가장 뚜렷하다는 비난을 받은 동물 유기체가 균형을 잡으려는 시도인데, 시도할 때면 대체로 경련을 일으키지. 우리는 이 동물 유기체를 개별적인 인간 동물과 구분하기 위해 가족 동물이라고 부

34

를 수 있어.

이 가족 동물 내에서 즉각적이고 올바른 균형이 (올바른 균형만이 진정한 균형이다. 오직 올바른 균형만이 계속 유지된다) 절대 불가능한 이유는 부분들 사이의 불평등 때문이야. 보다 정확하게 말하면 수년 동안 지속되어온 자식들에 대한 부모의 엄청난 우세 때문이지. 그 결과 자식들의 유년 시절에 부모는 주제넘게 가족을 대표하는 독점권을 행사하지. 그 때문에 외부를 향해서뿐 아니라 내부의 정신적 조직 안에서도 부모들은 자식들에게서 인격권을 서서히 빼앗고, 그때부터 자식들이 언젠가 이 권리를 충분히 주장할 수 없게 할수 있지. 이것은 나중에 자식들 못지않게 부모들에게 심각하게 닥쳐올 수 있는 불행이야.

진정한 교육과 가정교육의 근본적인 차이는 첫째 인간의 문제이며, 둘째는 가족의 문제야. 인류 안에서 모든 인간은 자기 자리가 있거나 아니면 적어도 자신의 방식대로 몰락할 가능성을 갖고 있지. 그러나 부모에 의해 포위된 가족 내에서는 아주 특정한 인간들에게만 자리가 주어져 있는데, 그들은 아주 특정한 요구들을 따르고 부모가 지시한 기한을 지키지. 그들이 따르지 않으면, 그들은 추방되는 게 아니라—추방되는 게 제일 좋을 거야. 그러나 불가능해. 왜냐하면 사실 하나의 유기체가 중요하기 때문이지—저주를 받거나 먹히거나 아니면 둘 다야. 먹히는 일은 그리스 신화(자신의 아들들을 다 먹어 치운 크로노스—가장 정직한 아버지)에 나오는 부모의 전형처럼 육체적으로 일어나지 않아. 그러나 크로노스는 바로 자신의 자녀들에 대한 연민 때문에 보통의 방법보다 자신의 방법을 선호한 것일지도 몰라.

부모의 이기주의—본래의 부모의 감정—는 사실 한계를 모르지. 심지어 부모의 가장 위대한 사랑조차 교육의 측면에서는 돈을 받는 교육자의 가장 작은 사랑보다 더 이기적이야. 그것은 달리 어쩔 수가 없어. 어른이 아이를 대하듯이 부모는 자식들을 자유롭게 대하지 못해. 이 아이는 그래도 자신의 혈통이니까—여전히 어려운 문제는 부모 양쪽의 혈통이야. 만약 아버지(어머니의 경우도 마찬가지이다)가 교육을 하면, 그는 예를 들어 이미 그가 자신 안에서 증오했고 극복할 수 없었던 것들을 자식에게서 발견하고 이제는 분명히 극복하기를 희망하지. 왜냐하면 그 연약한 자식이 그 자신보다 더 자신의 권력하에 있는 것처럼 보이기 때문이지. 그래서 그는 발전을 기다리지 못하고 맹목적으로 분노하면서 그 성장하는 인간을 움켜쥐지. 혹은 그가 자신의 영예로 여긴 것과 따라서(따라서!) 가족 안에서(바로 가족 안에서!) 없어서는 안 되는 것이 자식에게 없다는 사실을 놀라워하며 깨닫지. 그러고는 성공할지라도 혹은 자식을 산산조각 내버릴 정도로 실패할지라도 상관없이, 그는 그것을 자식에게 반복하여 주입하기 시작하지. 혹은 예컨대 자신이 사랑했던 아내의 모습을 아이에게서 발견하지만, 아이에게서 발견했을 때는(그는 자식을 끊임없이 자기 자신과 혼동한다. 모든 부모들이 그렇다) 증오하지. 이것은 누구든 간에 그러한데, 예컨대 아내의 하늘색 눈을 매우 사랑할 수 있지만, 만약 자신이 갑자기 그런 눈을 갖게 되면 극도로 혐오감을 느끼게 될지도 모르는 것과 같아. 혹은 마음으로 사랑하고 갈망하고 가족에게 필수불가결한 것이라고 여긴 것들을 자식에게서 발견하는데, 그러면 그는 자식의 다른 모든 것에는 무관심해지지. 그는 자식에게서 오직 그 사랑스러운 것만을 보며, 사랑스러운 것에 매달리며, 사랑스러운 것의 노예가 될 정도로 제 몸을 낮추고, 사랑 때문에 그 사랑스러운 것을 소진하지.

이기주의에서 나온 부모의 두 가지 교육 수단은 모든 단계에서의 독재와 굴종이지. 이때 독재는 매우 부드럽게 표현될 수 있어(너는 나를 믿어야만 해, 난 네 어머니니까!) 그리고 굴종은 매우 거만하게 표현될 수 있어(너는 내 아들이다. 따라서 나는 너를 내 구원자로 만들 것이다). 그러나 이것은 두 가지 끔찍한 교육 수단, 두 가지 反교육 수단으로, 자식이 나왔던 바닥으로 다시 짓밟아 넣는 데 적당하지.

여동생 엘리에게 보낸 편지, 1921년 가을

4. 유대적 요소

유대인 어머니는 어머니가 아니다. 유대인 어머니를 어머니라고 부르는 것은 그녀를 약간 우습게 만든다(그녀 자신에게는 우습지 않다. 우리가 독일에 있기 때문이다). 우리는 유대인 여자에게 어머니라는 독일어 명칭을 붙인다. 그러나 우리는 그만큼 더 깊이 감정 속으로 빠져드는 모순을 망각한다. 유대인에게 어머니라는 말은 특히 독일적이다. 이 말은 무의식적으로 기독교의 영광과 동시에 기독교의 냉혹성을 포함한다. 따라서 어머니라고 불리는 유대인 여자는 우스울 뿐 아니라 낯설기도 하다. 만약 엄마라는 명칭 뒤에 어머니라는 생각만 떠올리지 않는다면, 엄마라는 명칭이 더 나을 것이다. 내 생각에는 게토에 대한 기억들이 유대인 가정을 지탱하는 것 같다. 왜냐하면 아버지라는 단어도 결코 유대인 아버지를 뜻하지 않기 때문이다.

일기, 1911년 10월 24일

러시아에 거주하는 모든 유대 공동체가 갖고 있는 유대 민족의 정화수를 나는 정확한 규격의 대야로, 그리고 랍비가 지시

하고 감독하는 시설을 갖춘 작은 방으로 생각한다. 정화수는 오직 영혼에서 세속의 더러움을 씻어내야만 한다. 정화수의 외적 조건은 문제가 되지 않는다. 따라서 정화수는 상징으로 서, 더럽고 악취를 풍길 수 있지만, 그 목적은 달성된다. 여자 는 주기적으로 몸을 씻기 위해, 토라의 저자는 토라의 한 단 락의 마지막 문장을 기록하기 전에 모든 부정한 생각을 씻어 내기 위해 이 작은 방에 온다.

일기, 1911년 10월 27일

유대인들에게는, 특히 러시아에 거주하는 유대인들에게는 엄격한 가정생활이 일반적이거나 의미 있는 것처럼 보이지 않는다. 잘 생각해보면 가정생활은 기독교인들에게도 있기 때문이다. 탈무드 연구에서 여자가 배제된다는 사실이 유대 인들의 가정생활에 해를 끼친다. 남자가 자기 삶의 핵심이 되 는 일인, 탈무드에 나오는 현학적인 것들에 대해서 손님들과 대화하기를 원하면, 여자들은 꼭 그렇게 해야 하는 것은 아니 지만 옆방으로 물러난다. 기도할 때든, 혹은 공부할 때든, 신 적인 것들을 논의할 때든 혹은 아주 적당한 양의 술을 마시는 대체로 종교적 이유로 열린 연회 시간이든, 기회가 있을 때마 다 자주 함께 모이는 것이 유대인들의 특성이다. 유대인들은 말하자면 서로에게로 달아난다.

일기, 1911년 12월 25일

유대인들과 내가 공유하는 것은 무엇일까? 나는 나 자신과 공유하는 것이 전혀 없다. 나는 숨 쉴 수 있다는 사실에 만족하면서 구석에 아주 조용히 서 있어야 할 것이다.

일기, 1914년 1월 8일

법法 앞에 문지기가 서 있다. 이 문지기에게 한 시골 사람이 와서 법으로 들어가게 해달라고 간청한다. 그러나 문지기는 지금은 입장을 허락할 수 없다고 말한다. 시골 사람은 골똘히 생각하다가 그렇다면 나중에는 들어갈 수 있겠느냐고 묻는다. "그럴 수는 있지만." 문지기가 말한다. "그러나 지금은 안 돼." 법으로 들어가는 문은 평소처럼 열려 있고 문지기가 옆으로 비켜서 있어 시골 사람은 문을 통해 안을 들여다보려고 몸을 굽힌다. 문지기가 그 모습을 보고는 큰 소리로 웃으면서 이렇게 말한다. "그렇게 끌린다면 내가 금지하더라도 들어가 보게. 그러나 알아두게나. 나는 힘이 세지. 그런데 나는 말단 문지기에 불과하다네. 홀을 지날 때마다 문지기가 서 있는데, 갈수록 더 힘센 문지기가 서 있지. 세번째 문지기만 돼도 나도 그 모습을 감히 쳐다보는 것조차 감당하기 어려워." 시골 사람은 그런 어려움은 예상하지 못했다. 그는 법이란 정말로 누구에게나 그리고 언제나 들어갈 수 있게 열려 있어야 한다고 생각한다. 그러나 큰 매부리코와 타타르인 같은 길고 가

40

는 검은 콧수염에 모피 외투를 입은 문지기의 모습을 주의 깊게 살펴보더니, 차라리 입장을 허락받을 때까지 기다리는 편이 낫겠다고 결심한다. 문지기가 그에게 등받이가 없는 의자를 주며 문 옆에 앉게 한다. 그곳에서 그는 여러 날 여러 해를 앉아서 기다린다. 그는 입장 허락을 받으려고 수많은 시도를 해보고 계속되는 부탁으로 문지기를 지치게 한다. 문지기는 가끔 그에게 간단한 심문을 하는데, 고향에 대해 캐묻기도 하고, 여러 다른 것에 관해 묻기도 한다. 그러나 그것은 지체 높은 양반들이 건성으로 던지는 질문처럼 그저 그런 질문이고, 마지막에 가서는 언제나 아직 들여보내 줄 수 없노라고 말한다. 시골 사람은 여행을 위해 많은 것을 준비했는데, 문지기를 매수하려고 아주 값진 것도 모두 써버린다. 문지기는 주는 대로 받기는 하면서도 "네가 무엇인가 소홀히 했다는 생각이 들지 않도록 하기 위해서 받을 뿐이야"라고 말한다. 여러 해 동안 그는 문지기에게서 거의 눈을 떼지 않는다. 그는 다른 문지기들은 잊어버리고, 이 첫번째 문지기가 법으로 들어가는 데 있어 유일한 방해꾼이라 생각한다. 그는 처음 몇 년간은 이 불운을 무작정 큰 소리로 저주하다가 나중에 나이가 들어서는 그저 혼잣말로 투덜거린다. 그는 어린애처럼 유치해진다. 문지기를 여러 해에 걸쳐 살펴보다 보니 문지기의 모피 외투 깃에 붙어 있는 벼룩까지 알아보게 됐기 때문에, 그 벼룩에게까지 자기를 도와 문지기의 마음을 돌리게 해달라고 부탁한다. 마침내 시력이 약해진 그는 주변이 정말 점점 어두워지는 것인지, 아니면 눈이 자기를 속이는 것인지 분간하지 못한다. 그런데 이제 어둠 속에서 그는 법의 문에서 광채가 꺼지지 않고 흘러나오고 있음을 알아차린다. 그는 이제 살날이 얼마 남지 않았다. 죽음을 앞두고 그의 머릿속에서는 문 앞에 머무르면서 경험한 모든 것이, 그가 여태까지 문지기에게 물어보지 않았던 하나의 물음으로 집약된다. 그는 이제 굳어가는 몸을 일으킬 수 없어서 문지기에게 눈짓을 한다. 문지기는 그의 말을 듣기 위해 몸을 깊숙이 숙일 수밖에 없다. 그동안 두 사람의 키 차이가 시골 사람에게 아주 불리하게 벌어졌기 때문이다. "이제 와서 도대체 뭘 더 알고 싶지?"라고 문지기가 묻는다. "욕심이 많군." "모든 사람이 법을 추구합니다." 그는 말한다. "그런데 지난 수년 동안 나 이외에는 아무도 들여보내 달라는 사람이 없으니 어떻게 된 일이지요?" 문지기는 이 사람의 임종이 임박했음을 알아차리고, 청력이 약해진 그의 귀에 대고 큰 소리로 말한다. "이곳은 너 이외에는 아무도 입장을 허가받을 수 없었어. 왜냐하면 이 입구는 오직 너만을 위한 것이었으니까. 나는 이제 가서 문을 닫네."

「법 앞에서」, 1914년 12월 둘째 주

＊   '법'은 유대교의 율법으로, '시골 사람'은 율법을 모르는 사람으로 해석할 수도 있다.

그 자체로도 불안하고, 사람들과의 관계 속에서도 불안한 유대인들의 입장은 무엇보다 그들이 손에 쥐고 있거나 이로 물고 있는 것만을 소유하는 것이라 생각할 수 있다는 사실을, 게다가 손으로 잡을 수 있는 소유만이 그들에게 삶의 권리를 부여한다는 사실을, 한번 잃어버린 것은 결코 다시 얻지 못하며 그것은 기뻐하며 영원히 그들을 떠난다는 사실을 설명해 줄 겁니다. 전혀 예상하지 않은 곳에서 위험이 유대인들을 위협합니다.

밀레나에게 보낸 편지, 1920년 5월 30일

이 충동은 영원한 유대인의 요소를 지녔습니다. 무의미할 정도로 더러운 세계에서 무의미하게 질질 끌려가고 무의미하게 방황합니다.

밀레나에게 보낸 편지, 1920년 8월 8/9일

이걸 다른 말로 설명하자면 어떤 사람이 산책을 하기에 앞서 매번 몸을 씻고 머리를 빗는 따위의 일을 해야 할 뿐 아니라―그것만으로도 아주 괴로운 일이지요―산책을 할 때마다 필요한 물건이 모두 없어져서 다시 옷을 깁고, 장화를 고치고, 모자를 만들며, 지팡이를 깎아내는 등의 일을 하는 것

43

과 마찬가지입니다. 물론 그는 이 모든 것을 다 잘할 수는 없습니다. 아마 두 골목 정도는 지탱할 겁니다. 하지만 예를 들어 그라벤*쯤 가서는 모든 것이 갑자기 산산조각이 나고, 그는 거의 벌거숭이가 되어 누더기와 조각들만 걸친 채 거기 서 있게 되는 것입니다. 이제 고통스럽게 구시가 순환도로로 다시 달려가겠지요! 그러다 결국 아이젠 거리에서 유대인을 사냥하는 군중들과 부닥치게 될 겁니다.

밀레나에게 보낸 편지, 1920년 11월

* 화약탑과 벤첼 광장 사이를 잇는 프라하의 중앙로이며 번화가이다. 당시 독일 사람들이 많이 가던 레스토랑과 카페가 이 거리에 많았다.

유대인들이 그렇게 미움을 받는 곳에서 떠나는 것은 당연한 일이 아니겠습니까? (시오니즘 혹은 민족 감정 같은 걸 들먹일 필요도 없습니다.)

밀레나에게 보낸 편지, 1920년 11월 중순

이 경우에 내 마음에 더 든 것은 정신분석보다 많은 사람들이 정신적으로 기대어 연명하는 이 아버지 콤플렉스가 악의 없는 아버지가 아니라, 아버지의 유대 정신과 관련 있다는 깨달

음이었네. 독일어로 글을 쓰기 시작했던 대부분의 사람들은 대체로 아버지들의 불분명한 동의(이 불분명함이 불쾌했어)를 내세워 유대 정신에서 벗어나기를 원했지. 그들은 그러기를 원했다네. 하지만 그들은 여전히 작은 뒷다리로 아버지의 유대 정신에 달라붙어 있으면서, 작은 앞다리로는 새로운 땅을 찾지 못했다네. 이에 대한 절망이 그들의 영감이었다네.

막스 브로트에게 보낸 편지, 1921년 6월

광야의 길의 본질. 민족의 지도자로서 현재 일어나고 있는 일을 티끌만큼(더 이상은 생각할 수 없다) 의식하며 이 길을 따라 자신의 민족을 인도하는 사람. 그는 일평생 가나안에 대한 후각을 지닌 채 산다. 그가 죽기 직전에야 겨우 그 땅을 보게 될지도 모른다는 사실은 믿기 힘들다. 이러한 꺼져가는 가능성은 인간의 삶이 얼마나 불완전한 순간인지를 보여줄 때만 의미를 지닐 수 있다. 불완전한 이유는 이와 같은 삶은 영원히 지속될 수 있지만, 순간에 지나지 않을지도 모르기 때문이다. 자신의 수명이 짧기 때문이 아니라, 인간의 수명이 짧기 때문에 모세는 가나안 땅에 들어가지 못한다. 모세 오경의 이러한 결말은 플로베르의 『감정 교육』의 마지막 장면과 유사하다.

일기, 1921년 10월 19일

정신분석에 관여하는 것이 기쁘지 않아서 나는 정신분석에서 되도록 멀리 떨어져 있네. 하지만 정신분석은 최소한 이세대처럼 실재하지. 유대 민족은 옛날부터 유대 민족 소유의 주석을 통해 고통과 기쁨을 거의 동시에 만든다네. 정신분석도 그렇지.

프란츠 베르펠에게 보낸 편지 초안, 1922년 12월

5. 신과 신앙

악마의 발명. 우리가 악마에 홀린다면, 그 악마는 하나일 리 없다. 만약 하나라면 우리는 적어도 지상에서는 조용히, 신과 동행하는 것처럼, 조화를 이루며, 모순 없이, 성찰도 없이, 언제나 우리 뒤에 있는 그 사람을 믿고 살아야 했을 테니 말이다. 악마의 얼굴은 우리를 놀라게 하지 않을 것이다. 왜냐하면 우리는 악마적인 존재로서 우리의 악마 같은 모습에 약간 예민해질 경우 악마의 얼굴을 가리기 위해서 차라리 한 손을 희생시킬 만큼 영리할 것이기 때문이다. 만약 우리가 악마 하나에 홀렸다면, 그리고 그 악마가 우리의 전 존재를 말 없이 침착하게 내려다보면서 어느 때라도 우리를 마음대로 처리할 수 있는 자유를 갖고 있다면, 그 악마는 우리가 사는 동안 줄곧 우리 안에 있는 신의 정신을 훌쩍 뛰어넘어 우리를 붙잡고 뒤흔들 만큼 충분한 힘도 갖고 있을 것이다. 그래서 우리는 신의 정신의 희미한 빛을 전혀 보지 못하게 되고, 따라서 거기에서 불안에 떨지 않을 것이다. 악마의 무리만이 우리의 이 세상에서의 불행을 설명할 수 있다. 왜 악마의 무리는 악마 하나만 남을 때까지 서로를 섬멸하지 않을까, 아니면 왜 악마의 무리는 위대한 악마 하나에 복종하지 않을까? 두 경우 모두 우리를 가능한 한 완벽하게 속이려는 악마의 원칙에 부합할 것이다. 통일성이 없이, 악마들 전체가 우리에게 보이는 고통스러운 신중함이 도대체 무슨 소용이 있을까? 당연히 인간의 머리카락 한 올이 빠지는 것이 신보다 악마들에게 더 중요하다. 왜냐하면 악마의 머리카락은 실제로 빠졌고, 신은 그렇지 않기 때문이다. 수많은 악마들이 우리 안에 있는 한, 우리는 여전히 행복에 도달할 수 없다.

일기, 1912년 7월 9일

회당은 몰래 숨어 들어갈 수 있는 곳이 아닙니다. 어린아이였을 때 그럴 수 없었듯이, 지금도 그럴 수 없습니다. 내가 어린아이였을 때, 회당에서 보내는 시간이 너무 지루하고 무의미해서 정말로 그 속에서 익사할 것 같았던 기억이 납니다. 그것은 그 후 사무실 생활을 설계하기 위해 지옥이 연출한 예행연습이었습니다. 내게는 시오니즘을 좇아 회당에 몰려오는 사람들이, 조용히 일반 출입문으로 들어가지 않고 율법을 모신 궤 뒤쪽 출입문을 통해 억지로라도 회당으로 들어가려 했던 사람들처럼 보입니다.

펠리체 바우어에게 보낸 편지, 1916년 9월 16일

파스칼은 신이 출현하기 전에 위대한 질서를 만든다. 그러나 멋진 칼로, 도살업자의 침착함으로, 자신의 몸을 잘게 써는 왕의 회의보다 더 깊고 두려운 회의가 있음에 틀림없다. 이 침착은 어디서 오는가? 칼을 휘두를 때의 확신은? 신이란 노동자들의 모든 고역과 절망을 인정하면서도 사람들이 밧줄로 저 멀리에서 무대로 끌어낸 무대용 개선 마차일까?

일기, 1917년 8월 2일

모든 학문은 절대자에 관한 방법론이다. 그러니 명백히 방법론적인 것에 대해 불안해할 필요가 없다. 방법론은 껍데기이다. 신을 제외한 모든 것은 껍데기에 지나지 않는다.

팔절판 노트, 1917년 10월 19일

나른 모든 죄가 파생되는 인간의 두 가지 중요한 죄가 있다. 그것은 조급함과 게으름이다. 조급함 때문에 인간은 낙원에서 추방됐고, 게으름 때문에 낙원으로 돌아가지 못한다. 그러나 중요한 죄가 단 하나라면, 그것은 아마 조급함일 것이다. 조급함 때문에 그들은 추방됐고, 조급함 때문에 돌아가지 못한다.

팔절판 노트, 1917년 10월 20일

종교가 존재한다는 사실은 개별 인간이 지속적으로 선할 수 없음을 증명하는 것일까? 창조주는 선에서 떨어져 나와 성육신成肉身한다. 창조주는 인간을 위해서 그렇게 행동하는 것일까? 아니면 오직 인간과 함께 지낼 때 과거의 그를 유지할 수 있다고 생각하기 때문에 그렇게 행동하는 것일까? 아니면 그가 '세상'을 사랑할 필요가 없도록 '세상'을 파괴해야 하기 때문에 그렇게 행동하는 것일까?

팔절판 노트, 1917년 11월 21일

신앙을 가진 자는 기적을 체험할 수 없다. 대낮에는 별이 보이지 않는다.

팔절판 노트, 1917년 11월 22일

자신의 말과 자신의 확신 사이에 신앙을 올바르게 분배할 것. 어떤 확신을 경험하는 순간에, 그에 대해서 언짢게 말하지 말 것. 확신이 부과하는 책임을 말에 전가하지 말 것. 말 때문에 확신을 빼앗기지 말 것. 말과 확신의 일치는 아직 결정적인 것이 아니다. 훌륭한 신앙도 그러하다. 그러한 말은 그러한 확신을 상황에 따라서 강화시키거나 약화시킨다.

팔절판 노트, 1917년 11월 23일

까마귀들은 단 한 마리의 까마귀가 하늘을 파괴할 수도 있다고 주장한다. 그 주장은 의심할 여지가 없지만, 그렇다고 그 주장이 하늘에 맞선다는 증명이 되지는 못한다. 왜냐하면 하늘은 바로 까마귀들의 불가능성을 뜻하기 때문이다.

팔절판 노트, 1917년 11월 23일

다만 우리의 시간 개념이 우리에게 최후의 심판을 최후의 심판이라고 부르게 했다. 원래 그것은 즉결심판이다.

팔절판 노트, 1917년 11월 25일

메시아가 올 것이다. 신앙의 가장 무절제한 개인주의가 가능하게 되자마자, 누구도 이 가능성을 말살하지 않고, 누구도 이 말살을 참지 않는다. 그래서 무덤들이 열린다. 이것은 아마 기독교 교리이기도 할 것이다. 본받아야만 하는 예, 개인주의적인 예를 사실적으로 제시한다는 점에서뿐 아니라, 개별 인간의 마음에 중재자의 부활을 상징적으로 제시한다는 점에서도 그러하다.

팔절판 노트, 1917년 11월 30일

신앙은 자기 안에 있는 파괴할 수 없는 것을 해방하는 것, 혹은 보다 정확하게 말하면 자신을 해방하는 것, 혹은 보다 정확하게 말하면 파괴할 수 없게 존재하는 것, 혹은 보다 정확하게 말하면 존재하는 것을 의미한다.

팔절판 노트, 1917년 11월 30일

메시아는 메시아가 더 이상 필요하지 않게 될 때에야 비로소 올 것이다. 메시아는 메시아가 도착한 후에야 비로소 올 것이다. 그는 마지막 날에 오지 않고, 가장 마지막 날에 올 것이다.

팔절판 노트, 1917년 12월 4일

인간은 자기 내면에 존재하는 파괴할 수 없는 것에 대한 지속적인 믿음 없이는 살 수 없다. 파괴할 수 없는 것뿐만 아니라 믿음에 대해서도 인간은 영원히 알지 못할 수 있다. 이렇게 인간에게 비밀로 남아 있는 것이 표현될 수 있는 가능성 중 하나가 인격신에 대한 믿음이다.

팔절판 노트, 1917년 12월 7일

뱀의 중재가 필요했다. 악은 인간을 유혹할 수는 있지만, 인간이 될 수는 없다.

팔절판 노트, 1917년 12월 7일

낙원에서의 추방이 지닌 중요한 의미는 추방이 영원하다는 것이다. 따라서 낙원에서의 추방은 최종적이다. 이 세상에서의 삶은 불가피하다. 하지만 그 사건의 영원성, 혹은 임시변통으로 표현하면, 추방 사건의 영원한 반복이 우리를 언제나 낙원에 살 수 있게 했을지도 모를 뿐 아니라, 실제로 우리를 낙원에 언제나 머무르게 만들었다. 여기에서 우리가 그것을 알건 모르건 상관없이.

팔절판 노트, 1917년 12월 12일

가정의 수호신을 믿는 것보다 더 즐거운 일이 어디 있으랴! 그것은 진실한 인식 아래를 관통하는 것이며 어린아이같이 행복하게 일어서는 일이다.

팔절판 노트, 1917년 12월 19일

낙원에서 파괴되기로 한 것이 파괴될 수 있었다면, 그것은 결정적인 것이 아니다. 그러나 파괴될 수 없었다면, 우리는 그릇된 믿음 속에 살고 있는 것이다.

팔절판 노트, 1917년 12월 30일

왜 우리는 인류의 원죄를 슬퍼하는가? 우리가 낙원에서 쫓겨난 것은 원죄 때문이 아니라, 생명나무 때문이다. 우리는 생명나무의 열매를 먹지 않았다.

팔절판 노트, 1918년 1월 20일

우리는 선악과를 먹었기 때문만이 아니라, 아직 생명나무의 열매를 먹지 않았기 때문에 죄가 있다.

팔절판 노트, 1918년 1월 20일

죄와 상관없이 우리가 처한 상황에 죄가 있다.

팔절판 노트, 1918년 1월 20일

우리는 낙원에서 추방됐다. 하지만 낙원은 파괴되지 않았다. 어떤 의미에서는 우리가 낙원에서 추방된 것은 우연한 행운이었다. 만약 우리가 추방되지 않았다면, 낙원은 파괴됐을 테니까 말이다.

팔절판 노트, 1918년 1월 20일

하나님 말씀에 따르면, 선악과를 먹은 즉각적인 결과는 죽음이었다. 그러나 뱀에 따르면, 선악과를 먹으면 하나님과 동등하게 된다고 했다(적어도 그런 뜻으로 이해될 수 있었다). 둘 다 똑같이 옳지 않다. 인간은 죽지 않았다. 하지만 인간은 죽음을 면할 수 없게 되었다. 인간은 하나님처럼 되지 않았지만 하나님처럼 되는 데 있어 절대로 빼놓을 수 없는 능력을 얻었다. 둘 다 똑같이 옳다. 인간은 죽지 않았다. 하지만 낙원의 인간은 죽었다. 인간은 신이 되지 않았지만 신의 지식을 얻었다.

팔절판 노트, 1918년 1월 20일

지성소*에 들어가기 전에 너는 구두를 벗어야 한다. 아니 구두뿐이 아니다. 여행복도 배낭도, 그 밖의 모든 것을 벗어 던져야 한다. 모든 것 중에는 알몸도 포함되어 있다. 또 알몸 속

에 숨은 일체의 것이 포함된다. 또 핵도, 그 핵의 핵도 포함된다. 다시 그 밖의 것, 그 나머지의 것, 또 영원히 꺼지지 않는 불도 포함된다. 그래야 비로소 불은 지성소에 의해 수용되고 수용될 수 있다. 수용되는 것과 수용될 수 있는 것, 둘 중 그 무엇도 지성소에 저항할 수 없다.

팔절판 노트, 1918년 1월 25일

*   지성소는 최상급 형태로 표현되며 성막(성전) 안에서도 가장 안쪽의 지극히 거룩한 처소를 뜻한다. 이곳은 하나님의 임재 처소로서 언약궤가 놓여 있었고 대제사장이 1년에 한 차례(대속죄일)만 들어갈 수 있었다. 성소와 지성소 사이에는 휘장이 가로놓여 하나님과 인간 사이의 좁힐 수 없는 간격을 나타냈다.

옛날에 인간이 저질렀던 부정不正한 일인 원죄는 인간에게 부정한 일이 일어났다고, 인간에게 원죄가 씌워졌다고 인간들이 가하고 멈추지 않았던 비난이다.

일기, 1920년 2월 15일

그것은 정신분석학이 발견해냈다고 생각하는 수많은 병리 현상들 중의 하나입니다. 나는 그것을 병이라고 부르지 않습니다. 나는 정신분석학의 치료 부분에 어쩔 수 없는 오류가

있다고 생각합니다. 정신분석학이 병이라고 규정한 모든 병은 아무리 슬프게 보일지라도 신앙의 문제이며, 곤궁에 처한 인간이 그 어떤 모성적 토대에 닻을 내린 것입니다. 그러므로 그들의 견해에 따르면 종교의 궁극적 토대로서 정신분석학도 바로 개개인의 '병'의 원인을 찾는 것입니다. 물론 오늘날 여기 우리에게는 대부분 종교 공동체가 없고, 종파는 수없이 많고, 한 개인이 한 종파를 형성하기도 합니다. 그러나 이것도 아마 현재에 사로잡힌 눈에만 그렇게 보일 것입니다.

하지만 확실한 토대에 닻을 내린 믿음은 인간의 개별적이고 교환 가능한 소유물이 아니라, 인간의 본질 속에 이미 형성되어 있습니다. 추후에도 믿음은 인간의 본질 속에 이미 형성된 믿음을 찾는 방향으로 인간의 본질을(인간의 육체도) 계속 형성해나갑니다. 인간은 이 세상에서 치료받기를 원할까요?

밀레나에게 보낸 편지, 1920년 11월

문학에 대하여

1. 진실과 허위

나는 남쪽에 있는 도시를 향해 힘껏 달렸다. 이 도시에 대해 우리 마을에서는 이렇게 말하고 있었다.

"그곳에 사람들이 산대! 생각해봐, 그들은 잠을 자지 않는대!"

"그건 왜?"

"그들은 피곤해지지 않으니까."

"그건 왜?"

"그들은 바보니까."

"바보들은 피곤해지지도 않니?"

"바보들이 어떻게 피곤해질 수 있겠어!"

「시골길의 아이들」, 1904년 가을

*   바보들이 사는 공간은 진실의 공간으로 해석될 수 있다.

오직 두 가지만 존재한다. 진실과 허위. 진실은 나뉠 수 없다. 따라서 진실은 스스로 인식될 수 없다. 진실을 인식하려는 자는 허위임에 틀림없다.

팔절판 노트, 1918년 1월 14일

우리에게는 선악과와 생명나무를 통해 묘사되어 있듯이, 두 가지 종류의 진실이 존재한다. 행동하는 사람의 진실과 휴식하는 사람의 진실, 행동하는 사람의 진실에서는 선과 악이 구분되나, 휴식하는 사람의 진실은 바로 선 그 자체이다. 휴식하는 사람의 진실은 선도 악도 알지 못한다. 행동하는 사람의 진실은 우리에게 실제로 주어졌다. 휴식하는 사람의 진실은 예감의 방식으로 주어졌다. 이것은 슬픈 광경이다. 기쁜 광경은 행동하는 사람의 진실이 순간에 속하고, 휴식하는 사람의 진실이 영원에 속한 상태이다. 따라서 행동하는 사람의 진실은 휴식하는 사람의 진실의 빛 속에서 소멸한다.

팔절판 노트, 1918년 2월 5일

진실의 길은 공중 높이 매달려 있는 밧줄이 아니라, 땅바닥 바로 위에 낮게 매달린 밧줄 위에 있다. 그것은 걸어가게 하기보다는 오히려 걸려 넘어지게 하는 것처럼 보인다.

팔절판 노트, 1918년 봄

고백과 거짓말은 동일한 것이다. 고백할 수 있기 위해서 인간은 거짓말을 한다. 인간은 인간이 무엇인지 표현할 수 없다. 왜냐하면 인간은 바로 인간 자신이기 때문이다. 그러니까 전

달할 수 있는 것은 오직 인간이 아닌 것뿐이다. 즉 허위인 것
이다. 합창 속에나 겨우 어떤 진리가 숨어 있을지 모른다.

메모장, 1920년 말

나는 개 족속들의 무관심 때문에 몰락해가는 것이다. 개 족속
들의 무관심은 이렇게 말하고 있다. '저놈은 죽는다'고. 아마
그렇게 될지도 모른다. 이것은 틀림없는 사실이다. 그러나 나
는 여기서 이대로 삶을 마치고 싶지 않다. 이 허위의 세계를
떠나서 진실에 가고 싶다.

「어느 개의 연구」, 1922년

"주인 나리, 어디로 가시나요?" "모른다." 내가 대답했다. "단
지 여기에서 떠나는 거야, 단지 여기에서 떠나는 거야. 줄곧
여기에서 떠나는 거라고. 그래야만 내 목적지에 도착할 수 있
어." "그럼 나리께서는 목적지를 아신단 말씀인가요?" 그가
물었다. "그렇다네." 내가 대답했다. "내가 이미 말했잖아. '여
기-에서-떠나는 것,' 그것이 내 목표야."

「출발」, 1922년 2월

"아직도 단식을 하고 있는 거야?" 감독이 물었다. 〔…〕 "저는 달리 어쩔 수 없이 단식을 해야만 하기 때문입니다." 단식 광대가 말했다. "왜냐하면 저는 제 입맛에 맞는 음식을 찾지 못했기 때문입니다. 만약 제가 그런 음식을 찾아냈다면 괜히 소동을 벌이지는 않았을 것이고, 당신이나 다른 모든 사람처럼 배불리 먹었을 겁니다." 이것이 그의 마지막 말이었다. 그의 흐려진 눈에는 계속 단식을 하겠다는 굳은 확신이 담겨 있었다.

「단식 광대」, 1922년 2월

*　　카프카는 단식을 자신의 글을 쓰는 행위에, 입맛에 맞는 음식을 진실에 비유한다.

64

2. 역설적 인식

정확한 질문, 맹세 혹은 설명이 지니고 있는 탈무드적인 가락. 공기가 관管 속으로 흘러 들어가서 관을 긴장시킨다. 관 속의 공기처럼 질문을 받은 사람에게 사소하고 아득한 처음부터 강력하고 전체적으로는 오만한, 굴곡이 있는 데에서는 겸손한 압력이 가해진다.

일기, 1911년 10월 5일

내가 반대 명제들을 싫어하는 것은 확실하다. 반대 명제들은 뜻밖에 나타나지만, 놀라게 하지는 않는다. 왜냐하면 반대 명제들은 언제나 아주 가까운 곳에 있기 때문이다. 반대 명제들이 눈에 띄지 않았던 것은, 유감스럽게도 의식의 맨 가장자리에 있었기 때문이다. 반대 명제들은 철저함, 충만함, 완전성을 만들어내지만, 단지 스트로보스코프* 속 형상과 같다. 우리는 주변의 하찮은 착상을 잡으려고 쫓아다녔다. 반대 명제들은 다양할 수 있다. 반대 명제들은 미묘한 차이가 없다. 반대 명제들은 마치 물에 부푼 것처럼 손닿는 곳에서, 처음에는 무한의 가능성을 보이다가 결국 언제나 동일한 중간 크기로

자라난다. 반대 명제들은 안으로 말린다. 밖으로는 확장될 수 없다. 근거를 제공하지 않는다. 반대 명제들은 나무의 구멍이고, 제자리걸음이고, 내가 보여주었던 것처럼 다른 명제들을 자기와 동등한 지위로 끌어내린다. 반대 명제들은 오직 모든 명제들을 자기와 동등한 지위로 끌어내리고 싶어 한다. 그것도 영원히.

일기, 1911년 11월 20일

*   회전하는 바퀴에 부착된 형상의 연속적인 위치를 구멍을 통해서 감지하게 하는 장난감이다. 그렇게 하여 스트로보스코프는 동작의 환상을 만들어낸다.

외부에서 보면 젊은 나이에 죽거나 심지어 자살하는 것은 끔찍한 일이다. 계속되는 성장 속에서 의미를 가질지도 모르는 극심한 혼란 속에서 희망을 잃고 사라지는 것, 혹은 최후의 심판일에 젊은 나이에 죽거나 자살한 일이 없었던 일로 여겨질 것이라는 유일한 희망을 품고 사라지는 것은 끔찍하다. 내가 지금 그러한 상황에 있을지도 모른다. 죽는다는 것은 허무에 허무를 내어주는 것과 다르지 않다. 하지만 그것은 상상할 수 없는 일일 것이다. 도대체 어떻게 우리가 의식적으로 허무인 우리 자신을 허무에게 내어줄 수 있단 말인가. 공허한 허무뿐 아니라, 거칠게 날뛰는 허무에게. 허무의 무가치함은 오

직 허무의 불가해성에 있다.

일기, 1913년 12월 4일

단지 틀에 박힌 것의 끔찍함.

일기, 1914년 5월 6일

불평은 왜 무의미한가? 불평은 질문을 던지고 대답이 돌아올 때까지 기다리는 것이다. 그러나 질문을 던질 때 바로 대답이 돌아오지 않는 질문에는 결코 대답이 돌아오지 않는다. 질문 자와 답변자 사이에는 거리가 없다. 극복할 거리는 없다. 따라서 질문하고 기다리는 것은 무의미하다.

일기, 1915년 9월 28일

대개 네가 찾는 사람은 바로 옆에 살고 있다. 이것은 쉽게 설명될 수 없다. 너는 이것을 우선 경험적 사실로 받아들여야 한다. 경험적 사실에는 상당한 이유가 있어서, 설사 네가 노력하더라도 경험적 사실에 대해 네가 할 수 있는 것은 아무것도 없다. 네가 찾는 이웃에 대해 아는 것이 전혀 없기 때문이다. 즉 너는 네가 그를 찾고 있다는 것도 모르고, 그가 바로 네

옆에 살고 있다는 것도 모른다. 여하튼 그가 바로 옆에 살고 있는 것은 아주 분명하다. 너는 물론 일반적인 경험적 사실을 일반적인 경험적 사실 그 자체로 알 것이다. 설사 우리가 그러한 지식을 의식적으로 항상 마음에 담아둔다 하더라도, 그러한 지식은 전혀 중요하지 않다.

일기, 1917년 8월 2일

불행한 어떤 사람이 행복하다면, 그것은 우선 그가 세상과 발맞추어 걷지 않는다는 뜻이네. 더 나아가 모든 것이 그에게서 분리되었고 분리된다는 뜻이네. 또 어떤 소리도 굴절되지 않고 더 이상 그에게 도달하지 않아서 그가 어떤 소리도 솔직하게 따를 수 없다는 뜻이네.

막스 브로트에게 보낸 편지, 1917년 10월 12일

위로할 길 없는 것을 생각한다는 것이 가능할까? 혹은 위로의 흔적조차 없는 위로할 길 없는 것을 생각한다는 것은 가능할까? 인식 자체가 위로라는 사실이 해결책일지도 모른다. 따라서 이렇게 생각할 수 있을 것이다: 너는 너 자신을 제거해야 한다. 그러면 인식을 변조하지 않고도 위로할 길 없는 것을 인식했다는 의식을 유지할 수 있을 것이다. 이것은 사실

자신의 머리채를 잡고 늪에서 빠져나오는 것을 의미한다. 육체의 세계에서 터무니없는 것이 정신세계에서는 가능하다. 정신세계에서는 중력의 법칙이 적용되지 않는다. (천사들은 날지 않는다. 천사들은 그 어떤 중력도 무효로 만들지 못했다. 유감스럽게도 지상 세계의 관찰자인 우리는 천사들보다 더 잘 생각하지 못한다.) 그것은 물론 우리가 생각할 수 없는 것이거나, 아니면 높은 단계에서나 비로소 생각할 수 있는 것이다. 가령 내 방에 대해 내가 아는 것과 비교하면 나의 자기인식은 얼마나 빈약한지.

팔절판 노트, 1917년 10월 19일

모든 인간의 실수는 조급함, 조직적인 접근을 조급하게 중단하는 것, 피상적인 사물을 피상적으로 정의하는 것이다.

팔절판 노트, 1917년 10월 19일

악의 가장 효과적인 유혹 수단들 가운데 하나는 싸움을 부추기는 것이다. 그것은 침대에서 끝나게 되는 여자들과의 싸움과 같다.

팔절판 노트, 1917년 10월 20일

우리가 우리의 시간 개념을 포기한다면 인간의 발전의 결정적인 순간은 영속적이다. 그래서 과거의 모든 것을 무가치한 것으로 선언하는 혁명적인 정신 운동들은 정당하다. 왜냐하면 아직 아무런 일도 일어나지 않았기 때문이다 .

팔절판 노트, 1917년 10월 20일

어느 특정한 지점에서는 귀환이 불가능하다. 그 지점에 도달해야만 한다.

팔절판 노트, 1917년 10월 20일

악마적인 것은 때때로 선善의 모습을 띠거나 심지어 완전히 선으로 둔갑한다. 악마적인 것이 내 눈에 띄지 않는다면, 당연히 나는 굴복한다. 이러한 선이 진짜 선보다 더 유혹적이기 때문이다. 그러나 악마적인 것이 내 눈에 띄면 어떨까? 만약 내가 사냥몰이를 하는 중에 악마들에 의해 선 쪽으로 몰린다면? 만약 내가 혐오의 대상이 되어 내 몸을 이리저리 더듬는 바늘 끝에 의해 선 쪽으로 찔리고, 굴려지고 밀린다면? 만약 눈에 보이는 선의 발톱이 나를 붙잡으려고 하면? 나는 한 걸음 뒤로 물러나서, 내 뒤에서 항상 내 결정을 기다렸던 악惡 속으로 고분고분하게 그리고 처량하게 침몰한다.

팔절판 노트, 1917년 10월 21일

만약 기어오르지 않고 바벨탑을 쌓을 수 있었더라면, 아마 그것은 허용됐을 것이다.

팔절판 노트, 1917년 11월 9일

기적을 행하는 자는 말한다. 나는 지상을 그대로 둘 수 없다고.

팔절판 노트, 1917년 11월 21일

선은 어떤 의미에서는 절망적이다.

팔절판 노트, 1917년 11월 21일

대상이 쓸모없기 때문에 수단이 쓸모없다고 오해받을 수 있다.

팔절판 노트, 1917년 11월 21일

순교자들은 육체를 과소평가하지 않는다. 그들은 육체를 십자가 위로 끌어올리게 한다. 그 점에서 그들은 그들의 적과 같다.

팔절판 노트, 1917년 11월 23일

인간의 행위에 대한 인간의 판단은 진실하고 동시에 공허하다. 다시 말해 처음에는 진실하지만 나중에는 공허하다.

팔절판 노트, 1917년 11월 24일

이웃 사람들이 오른쪽 문을 통해 가족회의가 열리고 있는 방으로 들어와, 마지막에 발언한 사람의 마지막 말을 듣고, 그 마지막 말을 가지고 왼쪽 문을 통해 떼를 지어 세상으로 나가서, 자신들의 판단을 큰 소리로 외친다. 그 말에 대한 판단은 진실하지만, 판단 그 자체는 무가치하다. 그들이 궁극적으로 진실한 판단을 내리려고 했다면, 영원히 그 방에 머물러야만 했을 것이고, 가족회의의 일원이 되었을 것이고, 그 때문에 당연히 다시 판단할 수 없게 됐을 것이다.

팔절판 노트, 1917년 11월 24일

오직 정신세계만이 존재한다. 우리가 감각 세계라고 부르는 것은 정신세계에서는 악이다.

팔절판 노트, 1917년 12월 8일

누구도 기만해서는 안 된다. 세계도 자신의 승리를 위해 누구도 기만해서는 안 된다.

팔절판 노트, 1917년 12월 8일

가장 강한 빛으로 세계는 해체될 수 있다. 시력이 약한 눈 앞에서 세계는 단단해진다. 보다 시력이 약한 눈 앞에서 세계는 주먹을 쥐고, 그보다 더 시력이 약한 눈 앞에서 세계는 수줍어하면서 감히 세계를 직시하려는 자를 박살 낸다.

팔절판 노트, 1917년 12월 8일

모든 것이 기만이다. 최소의 기만을 추구하는 것, 보통의 기만에 머무는 것, 최고의 기만을 추구하는 것 모두. 첫번째 경우에는 선을 너무 쉽게 얻으려 함으로써 선을 기만하고, 악에게는 너무 불리한 투쟁 조건을 강요함으로써 악을 기만한다. 두번째 경우에는 이 지상의 삶에서 선을 얻으려 애쓰지 않음으로써 선을 기만한다. 세번째 경우에는 선으로부터 가능한 한 멀리 떨어짐으로써 선을 기만하고, 악을 최고로 상승시키는 방식으로 악을 무력하게 만들기를 원함으로써 악을 기만한다. 따라서 선택해야 할 것은 두번째 경우일지도 모른다. 왜냐하면 사람들은 늘 선을 기만하고, 이 경우에는, 적어도

73

겉으로 보기에는 악을 기만하지 않기 때문이다.

팔절판 노트, 1917년 12월 8일

언어는 감각 세계 밖의 모든 것에 대해 암시적으로 사용될 수 있을 뿐, 결코 비유적으로 사용될 수 없다. 왜냐하면 언어는 감각 세계에 상응하여 오직 소유와 소유의 관계들만을 다루기 때문이다.

팔절판 노트, 1917년 12월 8일

정신세계 이외에 다른 것이 존재하지 않는다는 사실은 우리에게서 희망을 빼앗지만 확신을 준다.

팔절판 노트, 1917년 12월 9일

찾는 자는 찾지 못하나, 찾지 않는 자는 찾는다.

팔절판 노트, 1917년 12월 13일

정신은 근거이기를 포기할 때 비로소 자유로워진다.

팔절판 노트, 1918년 1월 12일

관능적 사랑은 인간을 속여 천상의 사랑을 알지 못하게 한다. 물론 관능적 사랑 혼자서는 그렇게 할 수 없을 것이다. 그러나 관능적 사랑은 천상의 사랑의 요소를 자신도 모르게 자신 안에 지니고 있기 때문에 그렇게 할 수 있다.

팔절판 노트, 1918년 1월 13일

우리는 인식을 갖고 있다. 특히 인식을 얻으려 애쓰는 사람은 인식에 맞서려 한다는 혐의를 받는다.

팔절판 노트, 1918년 1월 25일

여기에서만 고통이 고통이다. 여기에서 고통받는 사람들이 이 고통 때문에 다른 곳에서 고귀하게 되어야 한다는 뜻이 아니다. 이 세상에서 고통이라고 불리는 것은 다른 세상에서는, 눈곱만큼도 변하지 않은 채로 그와 대립하는 것에서도 벗어난, 축복이다.

팔절판 노트, 1918년 2월 4일

권태가 반드시 신앙이 약하다는 의미는 아닌 것일까? 아니면 그런 의미인 것일까? 어쨌든 권태는 불만족을 의미한다.

내가 의미를 부여했던 모든 것이 내게는 너무 비좁다. 현재의 나인 영원조차 내게는 너무 비좁다. 예컨대 내가 좋은 책을, 가령 여행기를 읽으면, 그 책이 나를 일깨우고, 만족시키고, 충족시킨다. 이것은 내가 이전에 이 책을 내 영원 안에 포함시키지 않았거나, 혹은 이 책이 필연적으로 포함하는 그 영원을 예감하기 위해 돌진하지 않았다는 사실에 대한 증거이다. 인식의 어느 단계부터는 권태도, 불만족도, 답답함도, 자기 경멸도 분명히 사라진다. 보다 정확하게 말하면 예전에 낯선 존재로서 내게 생기를 주었고, 나를 만족시켰고, 해방했고, 고무했던 것을 내 고유의 본질로 인식하는 힘을 갖게 되는 순간에.

팔절판 노트, 1918년 2월 7일

자유와 속박은 본질적인 의미에서는 같은 것이다. 어떤 본질적인 의미에서인가? 노예는 자유를 상실할 수 없기에, 어떤 관점에서는 자유인보다 더 자유롭다는 의미에서는 아니다.

팔절판 노트, 1918년 2월 10일

세계는 세계가 창조됐던 오직 그 시점에서 보기 좋았다고 말할 수 있다. 왜냐하면 오직 그 시점에서 이렇게 이야기됐기

때문이다. 자 보라, 세계는 보기 좋았다. 그런데 유감스럽게
도 그 시점에서 세계는 유죄판결을 받아 멸망될 수 있다.

팔절판 노트, 1918년 2월 11일

*   세상을 창조하고 난 후 '보시기에 좋았다'는 「창세기」 1장 25절에
      나오는 하나님의 말씀을 패러디한 것이다. 카프카에 의하면 세계
      창조의 시점이 바로 세계 멸망의 시점이다.

이 세상의 결정적인 특징은 덧없음이다. 이런 의미에서 수 세
기라는 것도 찰나의 순간보다 더 나을 것이 없다. 따라서 덧
없음의 연속은 위안을 줄 수 없다. 폐허에서 새로운 삶이 꽃
핀다는 것은 삶의 지속보다는 죽음의 지속을 입증하는 것이
다. 그런데 내가 이 세상과 싸워 이기려 한다면, 이 세상의 결
정적 특징인 덧없음과 싸워 이겨야만 한다. 내가 이 삶 속에
서 그렇게 할 수 있을까, 그것도 그저 희망이나 믿음만이 아
니라, 실제로 그렇게 할 수 있을까?

팔절판 노트, 1918년 2월 11일

우리 주변의 모든 고통을 우리 역시 감수해야만 한다. 그리스
도는 인류를 위해 고난을 당했다. 그러나 이제 인류가 그리스
도를 위해 고난을 당해야만 한다. 우리 모두 한 몸은 아니지

만 성장을 함께한다. 그 때문에 우리는 이런저런 형태로 온 갖 고통을 겪는다. 어린아이가 인생의 모든 단계를 거쳐 노인이 되고 죽듯이(사실 각 단계는 욕구 때문이든 공포 때문이든 전 단계에서는 도달하기 어려운 것처럼 보인다), 우리는 (우리 자신과 긴밀하게 결합된 것처럼 인류와 긴밀하게 결합되어) 모든 인류와 함께 이 세상의 모든 고통을 거치면서 발전한다. 이런 맥락에서 볼 때, 정의를 위한 자리도 없지만, 고통에 대한 공포의 자리 혹은 고통을 공적으로 해석할 자리도 없다.

팔절판 노트, 1918년 2월 21일

명상과 행동은 가상의 진리를 갖고 있다. 그러나 우선은 명상에서 나온 행동이 진리이거나 오히려 명상으로 되돌아가는 행동이 진리이다.

팔절판 노트, 1918년 2월 22일

너는 세상의 고통을 회피할 수 있다. 그 가능성은 네게 달려 있고 네 본성과 일치한다. 하지만 어쩌면 이 회피가 네가 회피할 수 있는 유일한 고통일지도 모른다.

팔절판 노트, 1918년 2월 22일

엔진 때문에 끊임없이 흔들리는 증기선보다 해안이 앞서 달리듯이, 온갖 발명들이 우리보다 앞서 달린다. 발명은 이루어질 수 있는 모든 것을 다 이룬다. 비행기는 새처럼 날지 못한다고 혹은 우리는 결코 살아 있는 새를 만들 수 없다고 말하는 것은 부당하다. 날지 못하고 만들 수 없는 것은 틀림없지만, 그 항의에는 잘못이 있다. 그것은 마치 직선 항로를 달리는 증기선에게 거듭 맨 처음 항구로 돌아가라고 요구하는 것과 같다. 새는 어떤 근원적인 행위를 통해서 만들어질 수 없다. 왜냐하면 새는 이미 만들어졌고, 최초의 창조 행위를 근거로 계속 생겨나고 있고, 근원적이며 지속적인 의지를 근거로 만들어진, 살아 있는 그리고 계속 공중으로 흩어져 날아가는 대열 속으로 뚫고 들어가는 것은 불가능하기 때문이다. 그것은 어느 전설이 말하듯이, 사실 최초의 여자는 남자의 갈비뼈로 만들어졌지만, 더 이상 그것이 반복되지 않고, 그때부터 남자가 다른 사람의 딸을 아내로 삼게 된 것과 같다. 새를 창조하는 방법과 목적—이것이 문제이다—과 비행기를 만드는 방법과 목적은 분명히 서로 다르지 않다. 그리고 총격과 천둥소리를 혼동하는 야만인들의 해석은 제한된 진리를 가질 수 있다.

팔절판 노트, 1918년 2월 24일

겸손은 누구에게나, 고독하고 절망에 빠진 자에게도 동료 인간들과 가장 강력한 관계를 맺게 해준다. 그것도 즉시. 물론 그 겸손이 완전하고 지속적일 경우에만. 그 이유는 겸손이 진실한 기도의 말이며 동시에 경배이고 굳은 결속이기 때문이다. 동료 인간과의 관계는 기도의 관계이며, 자신과의 관계는 노력의 관계이다. 기도에서 노력을 위한 힘이 나온다.

팔절판 노트, 1918년 2월 24일

심리학은 거울문자를 읽는 것이다. 따라서 힘들다. 그래서 언제나 같은 결과이지만 성과는 많다. 하지만 실제로는 아무 일도 일어나지 않았다.

팔절판 노트, 1918년 2월 25일

굳이 집 밖으로 나갈 필요는 없다. 네 책상에 머물러 귀를 기울여라. 귀 기울일 것도 없이 그저 기다려라. 기다릴 것도 없이 아주 조용히 혼자 있으라. 세상이 자청해서 네게 본색을 드러내 보일 것이다. 세상은 달리 어쩔 수 없다. 세상은 황홀에 취해 네 앞에서 몸부림칠 것이다.

팔절판 노트, 1918년 2월 26일

새장이 새를 찾으러 나섰다.

팔절판 노트, 1918년 봄

감옥에 만족했을 것이다. 죄수로서 삶을 마감하는 것, 그것이 삶의 목표일지도 모른다. 사실 삶은 창살이 있는 감옥이었다. 세상의 소음이 아무렇지도 않게, 당당하게, 마치 제 집처럼 창살 사이로 흘러나오고 흘러들어 왔다. 죄수는 원래 자유로 웠다. 그는 모든 일에 관여할 수 있었다. 그는 외부에서 놓치 는 것이 하나도 없었다. 그는 스스로 감옥을 떠날 수 있었을 것이다. 창살의 간격은 사실 아주 넓었다. 그는 갇힌 적이 없 었다.

일기, 1920년 1월 13일

그는 기회가 있었는데도 충분히 준비하지 못했다. 그러나 그 렇다고 해서 결코 자신을 비난할 수 없다. 왜냐하면 도대체 매 순간 아주 고통스럽게 준비를 요구하는 이 삶의 어디에 준 비할 시간이 있는가? 그리고 설령 시간이 있다 하더라도 과 제를 알지도 못하고 준비할 수 있단 말인가? 다시 말하면 그 가 과연 자연스런 과제를, 부자연스럽게 작성되지 않은 과제 를 감당할 수 있을까 하는 의문이 든다. 그렇기에 그는 이미

오래전에 몰락했다. 기묘하지만 위로가 되게도 그는 그 과제를 전혀 준비하지 않았다.

일기, 1920년 1월 13일

그는 아르키메데스의 점을 발견했다. 그는 그 점을 자신에게 남김없이 적용했다. 그가 그 점을 발견한 것은 필시 그 점을 자신에게 남김없이 적용한다는 조건하에서일 것이다.

일기, 1920년 1월 13일

의식의 편협성은 사회의 요구이다. 모든 미덕은 개인적이고, 모든 악은 사회적이다. 예를 들어 사랑, 사심 없음, 정의, 희생정신 등 사회적 미덕으로 간주되는 것은 '놀랍게도' 약화된 사회적 악에 지나지 않는다.

일기, 1920년 2월 19일

누구도 깊은 지옥에 빠져 있는 사람들보다 순수하게 노래하지 못합니다. 우리가 천사들의 노래라고 생각하는 것은 사실 그들의 노래입니다.

밀레나에게 보낸 편지, 1920년 8월 26일

죽음을 원하지만, 고통을 원하지 않는 것은 나쁜 징조입니다. 평소에 우리들은 죽음을 감행할 수 있습니다. 우리들은 성서에 나오는 비둘기처럼 파견됐습니다. 우리들은 푸른 초원을 찾지 못했습니다. 그러니 이제 다시 어두운 방주로 미끄러지듯이 들어가는 것입니다.

밀레나에게 보낸 편지, 1920년 9월

다루기 힘든 과제, 다리 역할을 하는 부서지기 쉬운 각목 위를 까치발로 걸어 지나간다, 두 발 밑에는 아무것도 없고 두 발로 겨우 땅을 긁어모은다. 그 땅 위로 사람들이 걸어갈 것이다. 다름 아닌 발아래 물속에 비친 자신의 모습 위를 걸어갈 것이다. 두 발로 세계를 결합시킨다. 이러한 어려움을 견디기 위해서 두 손은 오직 공중 높은 곳에서 경련을 일으킬 뿐이다.

메모장, 1920년 9월

목표는 있으나, 길은 없다. 우리가 길이라고 부르는 것은 망설임이다.

메모장, 1920년 9월 17일

내가 불행한 시절에 생각했던 것처럼, 부정적인 것이 아무리 힘이 세더라도 부정적인 것만으로는 충분할 수 없다. 왜냐하면 아주 작은 계단을 오를 때, 안전이 매우 의심스럽기는 하지만 조금이라도 안전하면, 나는 계단에서 몸을 쭉 펴고, 부정적인 것이 나를 뒤따라 오를 때까지가 아니라, 그 작은 계단이 나를 끌어내릴 때까지 기다리기 때문이다. 따라서 내가 지속적인 안락함을 누리는 것을 조금도 허용하지 않는 것, 예컨대 아직 설치되기도 전에 부부의 침대를 박살 내는 것은 방어 본능이다.

일기, 1922년 1월 31일

원시적인 시각에서 보면 이론의 여지가 없는 본래의 진실, 그 어떤 외부 환경(순교, 다른 사람을 위한 한 사람의 희생)에 의해서도 손상되지 않는 진실은 오직 육체의 고통뿐이다.

일기, 1922년 2월 1일

지옥으로 가는 다섯 가지 기본 원리(발생순)

1.   "창문 뒤에 가장 나쁜 것이 있다." 다른 모든 것은 천사로 인정된다. 명확하게 혹은 거들떠보지 않음으로

써(더 자주 일어나는 경우다) 암암리에.

2. "너는 모든 소녀를 소유해야만 한다!" 돈 주앙 방식이 아니라, '성性 예절'이라는 악마의 말에 따라서.

3. "너는 이 소녀를 소유해서는 안 된다!" 따라서 너는 이 소녀를 소유할 수도 없다. 지옥에 있는 거룩한 신기루.

4. "전 재산은 생활필수품뿐이다." 너는 생활필수품을 소유하고 있으니 만족하라.

5. "생활필수품이 전 재산이다." 네가 어떻게 전 재산을 소유할 수 있다는 말인가? 그러하니 너는 결코 생활필수품도 소유하지 못한다.

일기, 1922년 4월 10일

진실은 성과를 거두지 못하네. 진실은 단지 파괴된 것을 파괴할 따름이네.

로베르트 클롭슈토크에게 보낸 편지, 1922년 6월

우리는 바벨의 갱坑을 판다.

메모장, 1922년 여름

발자크가 산책할 때 사용한 지팡이의 손잡이에는 이런 글귀가 있다. '나는 모든 방해를 부순다.' 내 지팡이 손잡이에는 이런 글귀가 있다. '모든 방해가 나를 부순다.' 이 두 글귀에 공통적인 것은 '모든'이라는 단어다.

팔절판 노트, 1922년 말

어른이 책상을 밀어서 아이가 카드로 만든 집이 무너지면, 아이는 화를 내지. 그러나 카드로 만든 집은 책상이 밀렸기 때문이 아니라, 그 집이 카드로 만들어졌기 때문에 무너진 거야. 진짜 집은 무너지지 않지, 설령 책상이 땔감으로 잘게 쪼개진다 하더라도. 진짜 집은 튼튼하지 않은 기반에 짓지 않는다네.

막스 브로트에게 보낸 편지, 1923년 9월 6일

3. 작가로서의 자기이해

만약 그가 인디언이라면, 즉시 채비를 갖춰, 달리는 말에 올라타서, 바람에 기대어, 흔들리는 땅 위에서 자꾸만 짧게 흔들리는 것을 느낀다면 좋을 텐데, 박차를 던져 버릴 때까지, 박차는 없었기 때문에, 고삐를 던져 버릴 때까지, 고삐가 없었기 때문에. 그가 앞에 있던 땅이 매끈하게 풀을 베어낸 황야임을 겨우 알아보자마자, 이미 말 목덜미도 없고 말 머리도 없다.

「인디언이 되고 싶은 소망」, 1912년 무렵

*　　이 작품은 작가의 길로 들어서려는 문턱에서 앞으로 자신이 쓰려는 이야기가 이 미지의 땅처럼 펼쳐지기를 소망하는 청년 카프카의 모습으로도 읽힐 수 있다.

우리는 의지를, 채찍을, 우리 자신의 손으로 우리 머리 위에서 휘둘러도 된다.

일기, 1916년 10월 16일

심리학에 너무 심취하고 난 후의 불쾌감. 어떤 사람이 튼튼한 다리를 갖고 심리학에 접근하면, 그는 단시간 내에 그리고 멋대로 지그재그로 여러 구간을 전진할 수 있다. 다른 분야에서는 그렇게 할 수 없다. 그때 그의 두 눈에서는 눈물이 흘러넘친다.

팔절판 노트, 1917년 늦여름

기쁨으로서의 노동.
심리학자들은 얻기 어렵다.

팔절판 노트, 1917년 늦여름

글을 쓸 수 있는 거의 모든 사람이 고통의 한가운데 있으면서 고통을 객관적으로 묘사할 수 있다는 게, 예를 들어서 내가 불행의 한가운데서 어쩌면 불행 때문에 머리에 통증을 느끼며 앉아서는, 누군가에게 글로 '나는 불행하다'는 사실을 전달할 수 있다는 게 늘 이해가 되지 않는다. 사실 나는 불행을 넘어설 수 있다. 나는 불행과 전혀 관계가 없는 것처럼 보이는 재능의 범위 내에서 다양한 미사여구를 사용해서, 단순하게 혹은 반대 개념들로 혹은 오케스트라와 같은 연상 전체를 사용해서 불행을 상상할 수 있다. 그런데 불행은 결코 거짓이

88

아니며 고통을 진정시키지 못한다. 불행은 간단히 말하면 고통이 상처를 입히는 내 본질의 바닥까지 내가 갖고 있는 모든 힘을 눈에 띄게 소모한 순간에 은총을 베푸는 힘의 과잉이다. 그렇다면 그것은 어떤 종류의 과잉일까?

일기, 1917년 9월 19일

나의 궁극적인 목표를 검토해보면, 내가 좋은 사람이 되려고 노력하지 않는다는 것과 최고의 법정에 부응하려고 노력하지 않는다는 것이 드러납니다. 그와는 정반대로 나는 인간 사회와 동물 사회 전체를 조망하고자 하고, 그들의 기본적인 애호, 욕망, 도덕적 이상을 알고자 하며, 그것들을 단순한 규칙들로 설명하려 하고, 모든 사람의 마음에 들 때까지 이 방향에서 가능한 한 빨리 나를 발전시키려고 노력한다는 것이 드러납니다. 그것도 (여기에서 비약이 나타납니다) 모든 사람의 사랑을 잃지 않은 채 결국 불에 태워지지 않는 유일한 죄인으로서 내 안에 들어 있는 비열함을 공공연하게, 모든 사람들이 보는 앞에서 실행에 옮겨야 할지도 모를 정도로 모든 사람의 마음에 들 때까지입니다. 그러니까 요약해서 말하면 내게 중요한 것은 오직 인간 법정입니다. 그런데 나는 이 인간 법정을 속이려고 합니다, 물론 속임수를 쓰지 않고.

펠리체 바우어에게 보낸 편지, 1917년 9월 30일/10월 1일

너 자신을 인식하라는 말은 너를 관찰하라는 뜻이 아니다. 너 자신을 관찰하라는 말은 뱀의 말이다. 그것은 너 자신을 네 행동의 주인이 되게 하라는 뜻이다. 그러나 넌 벌써 그러하니, 너는 네 행동의 주인이다. 그러므로 너 자신을 인식하라는 말은 '너 자신을 오해하라!' '너 자신을 파괴하라!'는 뜻이니, 무언가 악한 것을 의미한다. 네가 아주 깊숙이 몸을 숙일 때만, 너 자신의 선한 것도 듣게 된다. 그 선한 것은 이렇게 말한다. "너를 지금의 너로 만들어라"라고.

팔절판 노트, 1917년 10월 23일

자기 인식이 갖고 있는 것은 오직 악이다.

팔절판 노트, 1917년 11월 21일

나는 자제하려고 노력하지 않는다. 자제란 내 정신적 실존이 지닌 무한한 영향력의 어느 생각지도 않은 지점에 영향을 끼치려는 것이다. 그러나 내가 내 주위에 그러한 원을 그리고 그러한 여행을 떠나야 한다면, 나는 차라리 아무 일도 하지 않고 그저 놀라 그 거대한 관념의 복합체를 바라보면서, 반대로 이 관념의 복합체를 바라본 것이 내게 주는 위로만을 갖고 집으로 갈 것이다.

그의 피로는 싸움을 끝낸 검투사의 피로다. 그의 일은 관청 사무실의 한구석에 흰색 칠을 하는 것이었다.

이론상으로는 완전한 행복의 가능성이 존재한다. 그것은 내면에 존재하는 파괴할 수 없는 것을 믿으면서 그것을 얻으려 애쓰지 않는 것이다.

나의 모든 것, 가정생활, 우정, 결혼, 직업, 문학 등, 이 모든 것을 실패하게 하거나 실패하지 않게 하는 것은 게으름, 악의, 서투름이 아니라—'해충이 무에서도 생겨나는' 것처럼, 이 모든 것이 전혀 무관하다고 말할 수는 없지만—대지, 공기, 계율의 결핍이다. 이것들을 창조하는 일이 나의 과제다. 그것도 내가 소홀히 해왔던 것을 만회하기 위해서가 아니라, 어떤 것도 놓치지 않기 위해서다. 왜냐하면 과제란 늘 그런 것이기 때문이다. 더군다나 그것은 가장 근원적인 과제이거나, 적어

도 그런 과제를 반영한 것이다. 이것은 산소가 희박한 고산을 올라갈 때 갑자기 멀리 있는 태양의 빛을 흠뻑 쬘 수 있는 것과 같은 이치이다. 이 과제는 결코 예외적인 과제가 아니다. 이 과제는 이미 자주 부과되어온 과제임이 확실하다. 물론 그 규모가 어느 정도인지는 알지 못한다. 내가 아는 한, 나는 삶에 필요한 것들을 하나도 갖고 태어나지 못했다. 내가 지니고 있는 것이라고는 일반적인 인간적 약점뿐이다. 이 약점을 이용해 나는 내 시대의 부정적인 것을 적극적으로 수용한다. 이 점에서 부정적인 것은 하나의 엄청난 힘이다. 나는 시대의 부정적인 것과 아주 친숙하며, 부정적인 것을 극복할 자격이 아니라 사실상 대표할 자격을 지니고 있다. 긍정적인 것으로 전환될 수 있는 극단의 부정적인 것과 눈곱만큼의 긍정적인 것, 그 어느 것에도 나는 관심이 없다. 물론 나는 키르케고르처럼 이미 무겁게 가라앉는 기독교라는 손에 의해서 삶으로 인도되지도 않았고, 시온주의자들처럼 날아가 버리는 유대교 사제복의 끝자락을 잡지도 않았다. 나는 끝 아니면 시작이다.

팔절판 노트, 1918년 2월 25일

그는 자신이 이 세상에 갇혀 있다고 느낀다. 그에게 세상은 비좁다. 갇혀 있는 자들의 슬픔, 허약함, 질병, 망상이 그에게서 갑자기 터져 나온다. 어떤 위로로도 그를 위로할 수 없다.

그것은 위로에 불과하기 때문에. 갇혀 있다는 명백한 사실에 대한 부드럽지만 두통을 불러일으키는 위로에 불과하기 때문에. 하지만 그에게 정말 원하는 것이 무엇이냐고 물으면, 그는 대답할 수 없다. 그는 자유의 표상을 갖고 있지 않기 때문이다. 이것이 가장 강력한 증거들 중의 하나이다.

일기, 1920년 1월 17일

그에게는 적이 둘 있다. 첫번째 적은 뒤에서, 시작부터 그를 괴롭힌다. 두번째 적은 그가 앞으로 가는 길을 막고 있다. 그는 둘과 싸우고 있다. 첫번째 적은 그를 앞으로 가게 하고 싶어서 두번째 적과의 싸움에서 그를 도와준다. 마찬가지로 두번째 적은 첫번째 적과의 싸움에서 그를 도와주는데, 첫번째 적을 쫓아 보내기 위해서다. 그러나 그것은 이론적으로만 그럴 뿐이다. 왜냐하면 적은 그 둘만이 아니고 그 자신도 또 하나의 적이기 때문이다. 도대체 누가 그의 의도를 알까?

일기, 1920년 1월 17일

그는 개인적인 삶 때문에 살지 않는다. 그는 개인적인 생각 때문에 생각하지 않는다. 그는 사실 생명력과 사고력이 아주 풍부하기는 하지만, 그 자신도 모르는 어떤 법칙에 의하면 형

식적으로 꼭 필요하다고 하는 가족의 강요에 의해 마지못해
살고 생각하는 것처럼 보인다. 이러한 미지의 가족과 미지의
법칙들 때문에 그는 자유로울 수 없다.

일기, 1920년 2월 15일

영원한 청춘은 불가능하다. 설령 다른 방해가 없다 하더라도,
자기관찰이 영원한 청춘을 불가능하게 만들 것이다.

일기, 1922년 4월 10일

4. 작가와 글쓰기

작가들은 악취惡臭를 말한다.

　　　　　일기, 1909년

내가 쓰는 단어는 다른 단어와 거의 어울리지 않는다. 내 귀에는 마치 자음들이 서로 마찰해서 쇳소리를 내며 모음들은 전시된 흑인*들처럼 노래를 부르는 것같이 들린다. 내 의심은 모든 단어 주변을 맴돈다. 나는 단어보다 더 먼저 의심을 본다. 도대체 뭐가 문제일까! 나는 단어를 전혀 보지 못한다, 나는 단어를 고안해낸다. 물론 이것은 가장 큰 불행이 아닐지도 모른다. 다만 시체 냄새가 나와 독자의 얼굴 정면으로 오지 않게, 다른 방향으로 시체 냄새를 불어낼 수 있는 단어들을 고안해낼 수 있어야 할 것이다. 내가 책상에 앉아 있으면, 교통이 혼잡한 오페라 광장의 한복판에 넘어져서 두 다리가 부러진 사람만큼 기분이 좋지 않다. 모든 자동차가 소음을 지녔지만 조용히 사방에서 왔다가 사방으로 흩어진다. 그런데 그 남자의 고통이 경찰보다 더 나은 질서를 만들어낸다. 그 남자의 고통은 그 남자의 눈을 감게 하고 광장과 골목길의 인

95

적을 끊어 자동차들이 돌아서 갈 필요가 없게 한다. 대혼란이 그 남자에게 고통을 준다. 왜냐하면 사실 그가 교통에 장애이기 때문이다. 그러나 빈 공간은 대혼란 못지않게 슬픈 것이다. 왜냐하면 빈 공간은 그 남자의 진짜 고통을 자유롭게 풀어놓기 때문이다.

일기, 1910년 12월 15일

* 과거 유럽에서는 박람회에 아프리카에서 데려온 흑인들을
'야만인'의 표본으로 전시한 일이 있었다.

전부터 기분이 좋은 상태에서 글을 쓰려고 책상 앞에 앉으면 한 단어 한 단어씩 아니면 심지어 명확한 단어들 속에서 우연히 생각해냈던 모든 착상이 무미건조하고, 불합리하고, 경직되고, 내 주위의 모든 사람에게 방해가 되고, 불안하고, 특히 결함이 있는 듯이 보인다. 하지만 처음에 생각해낸 착상 중에서 그 무엇도 잊히지 않았다는 것은 확실하다. 이렇게 된 이유는 대부분 내가 아무리 갈망하더라도, 갈망하기보다는 두려워했던 고양高揚의 시간에 종이에서 벗어나 좋은 것을 생각해내기 때문이고, 그 후에 내가 포기해야만 할 정도로 충만이 넘쳐서, 흐름에서 벗어나 맹목적으로 오직 우연만을 손쉽게 붙잡기 때문이다. 그 결과, 침착하게 글을 쓸 때 내가 얻은 것은 충만에 비하면 아무것도 아니다. 내가 얻은 것은 이 충

만 속에서 살았지만, 이 충만을 되찾을 능력이 없기에 해롭고 방해가 된다. 그 이유는 내가 얻은 것은 유혹적이지만 소용이 없기 때문이다.

일기, 1911년 11월 15일

일기를 쓰는 것의 장점은 우리가 지속적으로 겪게 되는 변화를 편안하고도 명료하게 의식하게 해준다는 것이다. 대체로 우리는 당연히 이 변화를 믿고 예감하고 인정하지만, 그로부터 희망 혹은 평화를 얻어내야 할 때면 언제나 무의식적으로 그 변화를 부인한다. 일기에서 우리는 오늘은 참을 수 없을 것 같은 상황에서도 살았고, 주변을 둘러봤고, 관찰한 것들을 기록했다는 증거를, 우리가 과거의 상황을 되돌아볼 수 있기 때문에 더 현명할지도 모르는 오늘처럼 당시에도 이 오른손이 움직였다는 증거를 발견한다. 그리고 바로 그 때문에 우리는 아무것도 모르면서도 집요하게 계속했던 우리의 과거 노력의 대담성을 그만큼 더 많이 인정해야만 한다.

일기, 1911년 12월 23일

소수 민족의 기억은 위대한 민족의 기억보다 하찮지 않다. 소수 민족의 기억은 존재하는 소재를 더 철저하게 가공한다. 문

학사를 연구하는 전문가들이 소수에 불과하지만, 문학은 문학사의 문제라기보다는 민족의 문제이다. 그래서 문학은 순수하지 않지만, 안전하게 보존된다. 소수 민족의 내부에서 민족의식이 개별 인간들에게 제기하는 요구들 때문에, 비록 문학의 몫을 알지 못하고 짊어지지 못한다 할지라도, 각자는 언제나 문학의 몫을 알고, 짊어지고 옹호할 준비가 되어 있어야 한다.

일기, 1911년 12월 25일

괴테는 그의 작품들이 갖고 있는 힘 때문에 독일어의 발전을 방해할지도 모른다. 그동안 산문은 괴테에게서 자주 벗어나곤 했지만, 괴테에 대한 무제한적인 종속의 완벽한 모습을 보며 즐기기 위해서 결국, 바로 지금처럼 더욱 강렬한 동경을 품고 괴테에게로 돌아왔고, 괴테에게서 발견할 수는 있지만 괴테와 관련이 없는 옛 표현법을 습득한다.

일기, 1911년 12월 25일

자서전에서는 진실에 맞게 '언젠가'라는 단어가 들어가야 할 자리에 매우 자주 '종종'이라는 단어가 들어가는 것을 피할 수가 없다. 왜냐하면 우리는 기억이란 어둠에서 불러오는 것

임을 항상 의식하기 때문이다. 그런데 어둠은 '언젠가'라는 단어 때문에 파괴되고, '종종'이라는 단어 때문에 완벽하게 보호받지는 못하지만, 적어도 작가의 견해 속에서는 보호를 받는다. 그리고 어둠은 작가의 삶에서는 만나지 못했을 테지만, 작가에게 그의 기억 속에서 추측으로라도 더 이상 접촉하지 못하는 사람들을 대신해주는 한 무리의 사람들이 있는 곳으로 작가를 운반해 간다.

일기, 1912년 1월 3일

작가들의 가장 널리 퍼진 특성은 모든 작가가 아주 특별한 방법을 사용해서 자신들의 결점을 은폐한다는 사실입니다.

에른스트 로볼트에게 보낸 편지, 1912년 8월 14일

소설을 쓰면서 내가 글쓰기의 수치스러운 골짜기에 머물러 있다는 확신이 입증됐다. 오직 이런 식으로만, 오직 이러한 맥락에서만, 육체와 영혼을 이렇게 완전히 열 때, 글을 쓸 수 있다.

일기, 1912년 9월 23일

모든 소설의 시작은 처음에는 우습다. 아직 완성되지 않은, 모든 것이 유약한 이 갓 난 유기체는 모든 완성된 유기체처럼, 자신을 폐쇄하려는 세계의 완성된 유기체 안에서 살아남을 수 있을 희망이 없는 것처럼 보인다. 물론 이 점과 관련하여 우리는 소설이 존재할 권리를 지닌 경우에, 비록 그 소설이 아직 완전한 형태를 갖추기 전이라도, 그 안에 자신의 완성된 유기체를 갖고 있다는 사실을 잊고 있다. 그러므로 소설의 시작 부분에서 실망하는 것은 부당하다. 이는 부모가 젖먹이 때문에 절망하는 것과 같다. 왜냐하면 부모가 이 가련하고 특히 보잘것없는 존재를 세상에 태어나게 하려던 것은 아니기 때문이다. 물론 사람들은 그들이 느끼는 절망이 정당한지 아니면 부당한지를 전혀 모른다. 하지만 이러한 성찰은 어떤 발판을 제공할 수 있다. 이러한 성찰의 경험이 없어서 과거에 나는 손해를 봤다.

일기, 1914년 12월 19일

기도 형식으로서의 글쓰기.

메모장, 1920년 말

비유는 글쓰기에서 나를 절망하게 만드는 수많은 것들 중 하나이다.

일기, 1921년 12월 6일

글쓰기의 기묘하고 불가사의한, 어쩌면 위험하고, 어쩌면 구원이 되는 위로는 살인자들의 대열에서 뛰쳐나오는 것, 실제로 일어난 일을 관찰하는 것이다. 고차원의 관찰 방법에 의해 실제로 일어난 일을 관찰하게 된다. 고차원의 관찰 방법이기는 하지만, 보다 더 정확한 관찰 방법은 아니다. 관찰 방법이 고차원일수록, 그만큼 더 '대열'에서 멀어질수록, 관찰 방법은 그만큼 더 독자적이 되고, 그만큼 더 자신의 운동 법칙을 따르며, 관찰 방법의 길은 그만큼 더 예측할 수 없고, 더 기쁨을 주고, 더 가팔라진다.

일기, 1922년 1월 27일

편지를 쉽게 쓸 수 있다는 가능성이—단지 이론적으로 보아서—세상에 무시무시한 정신착란을 초래했던 것 같습니다. 그것은 유령들과의 교제 같은 것인데, 사실은 편지 수신인의 유령과의 교제일 뿐 아니라, 자신의 유령과의 교제이기도 합니다. 이 유령은 한 인간이 작성하는 편지 속에서 혹은 한 통

의 편지가 다른 편지를 확증하고, 그 다른 편지를 증거로 끌어낼 수 있는 잇따른 편지들 속에서 그 한 인간의 손에서 생겨납니다. 사람들이 편지를 수단으로 서로 교제할 수 있다는 생각을 어떻게 하게 됐는지 모르겠습니다! 멀리 있는 사람을 생각할 수가 있고 가까이 있는 사람을 붙잡을 수 있지만, 그 외의 모든 것은 인간의 힘을 뛰어넘습니다. 편지를 쓴다는 것은 유령 앞에 자신을 드러낸다는 것을 의미하는데, 유령들은 탐욕스럽게 그러기를 기다립니다. 글로 쓴 키스들은 가야 할 곳에 도착하지 않고, 도중에 유령들이 다 마셔버립니다. 이러한 풍성한 음식 때문에 유령들은 엄청나게 증가하고 있습니다. 인류는 그것을 감지하고 그것에 맞서 투쟁합니다. 인류는 인간들 사이의 유령적인 것을 가능한 한 제거하고 자연스러운 교제를, 영혼의 평화를 달성하기 위해 기차와 자동차와 비행기를 발명했지만, 아무런 소용이 없습니다. 그것들은 이미 추락하면서 만들어진 발명품임이 분명합니다. 상대는 훨씬 더 침착하고 강합니다. 인류는 우편에 이어서 전보와 전화와 무선 전신을 발명했습니다. 유령들은 굶어 죽지 않을 테지만, 우리는 파멸할 겁니다.

밀레나에게 보낸 편지, 1922년 3월 말

오늘 잠을 못 이루는 밤에 고통스러운 잠을 청하면서 그사이에 모든 것을 되풀이해서 이것저것 생각했더니, 옛날 아주 평온한 시기에 내가 거의 잊었던 것, 즉 어둠 때문에 내가 얼마나 허약하거나 아니면 존재하지도 않는 토대 위에서 살고 있는지를 다시 의식하게 됐어. 그런데 그 어둠에서 어두운 힘이 제멋대로 나타나서 내가 말을 더듬는다고 해서 방향을 바꾸지 않고 내 삶을 파괴하지. 글쓰기가 나를 지탱하네. 그렇다고 글쓰기가 이러한 유의 삶을 지탱한다고 말하는 것은 옳지 않아. 물론 그렇다고 해서 내가 글을 쓰지 않을 경우의 삶이 더 낫다고 말하는 것은 아니야. 오히려 그렇게 되면 내 삶은 훨씬 더 나빠지고 정말 참을 수 없게 되어 정신착란으로 마감해야 할 거야. 물론 이것은 사실 지금처럼 내가 울고, 내가 글을 쓰지 않으면서, 내가 작가라는 조건에서만 그리고 글을 쓰지 않는 작가는 정신착란을 유발하는 기형적인 물건이라는 조건에서만 그렇지. 그러나 작가라는 존재 그 자체의 상황은 어떤가? 글쓰기는 달콤하고 멋진 보상이네. 그러나 무엇에 대한 보상인가? 밤중에 나는 어린이 시청각 수업처럼 명료하게, 글쓰기는 악마 숭배에 대한 보상이라는 사실을 알게 됐어. 어둠의 세력으로의 이러한 하강, 본래 속박된 유령들의 이러한 해방, 의심스러운 포옹 그리고 내가 햇빛을 받으면서 이야기를 쓰면, 아래에서 무슨 일이 벌어지더라도, 위에서는 전혀 모르지. 어쩌면 다른 글쓰기가 존재할지도 모르네. 내가 아는 것은 오직 이러한 글쓰기야. 불안 때문에 잠들지 못하는 밤중에 내가 아는 것은 오직 이러한 글쓰기야. 나는 그런 글쓰기에 들어 있는 악마적 요소를 아주 분명하게 보지. 끊임없이 자신의 형상 혹은 타인의 형상 주변을 어지럽게 배회하고 ─그때 움직임은 빨라지고, 그것은 허영심의 태양계로 변한다─그것을 즐기는 것은 허영심과 향락욕이야. 소박한 인간이 가끔 원하는 것, 즉 '나는 죽어서 사람들이 얼마나 나를 그리워하면서 우는지 보고 싶다'를 그러한 작가는 끊임없이 현실화하지. 그는 죽지(아니면 그는 살지 않지). 그리고 끊임없이 자신을 그리워하며 울지. 그 결과 죽음에 대한 끔찍한 불안이 찾아온다네. 이 죽음에 대한 불안은 죽음에 대한 불안으로 나타나는 것이 아니라, 변화에 대한 불안으로 나타날 수도 있어. [……]

내가 연기했던 것이, 실제로 일어날 거야. 나는 글쓰기를 통해서 자유롭게 되지 못했어. 평생 나는 죽었고 이제 실제로 죽을 거야. 내 삶은 다른 사람의 삶보다 더 달콤했어. 내 죽음은 그만큼 더 처참할 거야. 내 안에 있는 작가는 당연히 급사할 거야. 왜냐하면 그러한 형상은 기반이 없고, 계속 유지되지 않고, 도망치지 못하기 때문이지. 그러한 형상은 가장 어리석은 세속의 삶에서만 약간 가능하며, 단지 향락욕의 구성에 지나지 않아. 이것이 작가야. 그러나 나 자신은 계속 살 수 없어. 왜냐하면 나는 살지 않았기 때문이야. 나는 찰흙으로 머물렀어. 나는 섬광을 불로 만들지 못했고, 단지 내 시체를 비추기 위해서 이용했어. 독특한 장례식이 될 거야. 작가, 즉 존재하지 않는 것은 옛날부터 시체를, 오래된 시체를 무덤에 넘겨주지. 나는 완전한 자기 망각 속에서—깨어 있음이 아니라, 자기 망각이 작가의 제1의 조건이라네—모든 감각을 동원해서 즐기거나, 같은 말이지만, 이야기하기를 원하는 작가야. 그러나 그런 일은 더 이상 일어나지 않을 거야. 그런데 내가 실제의 죽음에 대해서만 이야기하는 이유는 무엇인지. 사실 삶 속에서는 실제의 죽음은 삶과 동일한 것이야. 나는 아름다운 모든 것에 반응을 보일 준비를 하면서, 편안한 작가의 입장에서 여기에 앉아 있네. 그리고 나는 빈둥거리면서—글 쓰기 말고 다른 것을 할 수 없기 때문이라네—내 실제의 자아, 이 불쌍한 무방비 상태의 자아(작가의 실존은 영혼에 대한 반론이야. 영혼은 분명히 실제의 자아를 버렸지만, 작가가 되었고, 그 이상은 되지 않았기 때문이야. 영혼이 자아와의 분리를 그렇게 아주 무력하게 할 수 있을까?)가 임의의 동기에 의해, 게오르크 계곡으로 짧은 여행을 하면서 (나는 감히 이것을 견뎌내라고 하지 못해. 이런 방식은 옳지 않아) 악마에게 괴롭힘을 당하고, 매 맞고, 거의 으스러지는 모습을 방관해야만 하지.

막스 브로트에게 보낸 편지, 1922년 7월 5일

작가에 대한 정의, 그러한 작가에 대한 정의, 그리고 작가의 영향이 존재한다면, 작가의 영향에 대한 설명. 작가는 인류의 희생양이네. 작가는 인간들에게 죄의식을 느끼지 않고 죄를 즐기도록 해주지. 거의 죄의식 없이.

막스 브로트에게 보낸 편지, 1922년 7월 5일

글을 쓸 때면 점점 더 불안해진다. 이해할 수 있는 일이다. 모든 단어는 유령들의 손에서 방향이 바뀌어서—이러한 손의 운동은 유령들의 독특한 움직임이다—창이 되어 화자를 향해 날아온다. 이와 같은 관찰은 아주 특별하다. 하여 끝이 없다. 위로가 되는 것은 단 하나, 네가 원하든, 원하지 않든 그런 일이 일어난다는 것이다. 유감스럽게도 네가 원하는 것은 거의 아무 소용이 없다. 위로보다 더 좋은 것은 너 역시 무기를 갖고 있다는 사실이다.

일기, 1923년 6월 12일

많은 책은 자신의 성城 안에 있는 낯선 방들을 여는 열쇠 같은
역할을 한다네.

오스카 폴락에게 보낸 편지, 1903년 11월 8일

며칠 동안 펜을 손에 잡을 수 없었어. 왜냐하면 빈틈없이 계
속 망원경으로도 볼 수 없을 정도로 높게 쌓아 올리는 그런
삶을 조망할 때, 양심이 안정을 찾을 수 없기 때문이네. 하지
만 양심이 큰 상처를 입게 되면, 기분이 좋아. 그 덕분에 모든
상처에 더 예민해지게 되니까. 내 생각으로는 우리를 물고 찌
르는 그런 책들을 읽어야만 할 것 같네. 우리가 읽는 책이 단
한 차례의 주먹치기로 우리의 두개골을 자극하지 않는다면,
무엇 때문에 책을 읽는단 말인가? 자네 편지에 적혀 있듯이,
책이 우리를 행복하게 해주기 때문일까? 그런데 우리에게 책
이 없어도, 그 또한 행복할 거야. 우리를 행복하게 해주는 그
러한 책들을 정 안 되면 우리가 직접 쓸 수도 있을 거야. 우리
는 우리를 고통스럽게 하는 불행처럼, 우리가 우리 자신보다
더 사랑했던 사람의 죽음처럼, 모든 인간들을 떠나서 숲으로

쫓겨난 것처럼, 자살처럼 우리에게 영향을 끼치는 그런 책들이 필요하다네. 책은 우리 내면의 얼어붙은 바다를 깨는 도끼여야만 해. 난 그렇게 생각한다네.

오스카 폴락에게 보낸 편지, 1904년 1월 27일

문학의 측면에서 보면 내 운명은 아주 단순하다. 내 꿈같은 내면의 삶을 묘사하려는 의향이 다른 모든 것을 중요하지 않은 것으로 만들어놓아서, 다른 모든 것은 섬뜩할 정도로 위축되었고, 더구나 위축되기를 중단하지 않는다. 그러나 이제 그런 묘사를 할 만한 힘이 내게 있는지 전혀 짐작할 수 없다. 어쩌면 그 힘은 이미 영원히 사라졌을지도 모른다. 그러나 어쩌면 그 힘이 또다시 나를 찾아올지도 모른다. 물론 내 삶의 환경은 그 힘을 갖기에 유리하지 않다. 따라서 나는 흔들린다, 끊임없이 산꼭대기로 날아오른다, 하지만 단 한 순간도 산꼭대기에서 몸을 지탱할 수 없다. 다른 사람들도 흔들린다, 그러나 낮은 지대에서, 나보다 더 센 힘을 갖고. 그들이 추락할 것 같으면, 친척이 그들을 붙잡아준다. 친척은 그럴 목적으로 그들 옆에서 걸어간다. 그러나 나는 저기 위에서 흔들린다. 유감스럽게도 죽음은 없고, 죽음의 영원한 고통이 있다.

일기, 1914년 8월 6일

비난할 때 사용되는 문학이라는 용어는 과도한 언어의 단축이다. 언어의 단축은—어쩌면 이것이 맨 처음부터의 의도였을지도 모른다—사고의 단축을 초래하고, 사고의 단축은 차츰 올바른 시각을 빼앗고 주제를 목표에서 멀리 떨어지게 한다.

일기, 1917년 8월 4일

예술은 진실에 현혹된 것이다. 뒤로 피하는 찡그린 얼굴 위에 비치는 빛이 진실하다. 그 밖에는 아무것도 아니다.

팔절판 노트, 1917년 12월 11일

예술의 자기 망각과 자기 지양: 도피인데 산책 혹은 공격인 척한다.

팔절판 노트, 1917년 12월 17일

예술은 진실 주위를 날아다닌다. 그러나 화상을 입지 않으려는 단호한 의도를 드러내면서. 예술의 능력은 어두운 공간에서 전에는 식별될 수 없었을 빛이 활력 넘치게 모일 수 있는 공간을 발견하는 것이다.

팔절판 노트, 1918년 1월 22일

독일문학은 유대인들의 해방 이전에도 존재했었지, 그것도 위대한 영광을 누리면서. 내가 알고 있기로 특히 독일문학은 평균적으로 현재보다 다양하지 않은 적이 없었어. 어쩌면 오늘날 독일문학은 심지어 그 다양성을 상실했을지도 모르지. 그런데 이 두 가지 사실은 유대 정신과, 보다 정확하게 말하면, 젊은 유대인들의 유대 정신에 대한 관계와, 젊은 세대들의 섬뜩한 내면 상황과 연결되어 있어. 이 사실을 특히 크라우스가 인식했어. 아니면 보다 정확하게 말해서, 크라우스의 판단에 따라 이 사실이 분명해졌지. 그는 오페레타에 등장하는 할아버지와 같아. 그가 할아버지와 구별되는 것은 단지 그가 그저 "오"라고만 말하지 않고, 여전히 지루한 시詩를 만든다는 사실이지(나름대로 어떤 권리를 갖고서, 덧붙여 말하자면, 쇼펜하우어가 끊임없이 지옥으로 추락하는 것을 인식하면서도 고통스럽고 즐겁게 살면서 가졌던 것과 동일한 권리를 갖고서).

막스 브로트에게 보낸 편지, 1921년 6월

이 글은 전부 섬의 가장 높은 지점에 꽂혀 있는 로빈슨 크루소의 깃발에 지나지 않네.

막스 브로트에게 보낸 편지, 1922년 7월 12일

엮고 옮긴이의 글

카프카의 역설

편영수

1. 카프카의 삶과 문학

카프카는 유대인 상인의 아들로 체코 프라하에서 태어났다. 대학 시절에 그는 자신의 문학작품의 최초 독자이자 편집인인 막스 브로트와 평생에 걸친 우정을 나누기 시작했다. 이들이 처음 만난 곳은 1902년 10월 23일 프라하에서 있었던 독일 대학생들의 독서 및 연설 모임이었다. 당시 브로트는 '문학과 예술 분과'에서 '쇼펜하우어와 니체'에 대해서 강연했다. 이 강연에서 브로트가 니체를 '사기꾼'이라고 몰아붙이자 열렬한 니체 추종자였던 카프카는 강연이 끝난 뒤 브로트에게 강력하게 이의를 제기했다. 이를 계기로 둘 사이에 우정이 싹텄다. 이들의 우정은 평생 지속됐다. 인간관계를 최소한으로 한정지었던 카프카에게 브로트는 삶의 마지막까지 함께한 유일한 친구였다. 두 사람은 20년 넘게 규칙적으로, 때로는 하루에 두 번씩 만나기도 하고 프라하 근교로 소풍을 가거나 이탈리아 북부, 바이마르, 파리 등지로 함께 여행을 떠나기도 했다. 카프카는 브로트의 유능함과 처세술을 칭찬했으며, 브로트는 카프카의 관용과 진실에 대한 애착에 경탄했다. 유능하고 사회적으로 폭넓은 활동을 하던 브로트는 카프카를 프라하 작가들의 삶(프라하 동인회)으로 끌어들였고, 그에게 오스카 바움과 펠릭스 벨취를 소개했다. 카프카는 자신의 작품들을 브로트와 함께 평가했고, 매번 브로트에게 처음으로 그리고 가끔은 브로트만 앞에 두고 작품들을 낭독했다.

카프카는 1906년에 프라하 법과대학에서 법학박사학위를 취득하고 난 후 1년 동안 프라하의 형사법원과 민사법원에서 실무를 익혔고, 1908년에 노동자산재보험공사에 취직해서 14년 동안 근무했다. 카프카는 직장과 창작 사이에서 분열을 겪었다. 창작을 방해하는 직장은 카프카에게 끔찍한 공포의 대상이었다. 직장으로부터의 자유가 그의 유일한 구원 가능성이자 제1의 요구였다. 그러나 직장과 관련된 카프카의 부정적인 말들은 카프카의 상관들과 동료들이 카프카를 높게 평가하고 사후 카프카를 기억하면서 했던 찬사들과 모순되며, 노동자산재보험공사에서 거의 최고의 자리까지 직위가 상승한 것과 여러 해에 걸쳐 남보다 유리한 조건의 병가를 얻어 질병 치료를 받은 사실과도 모순된다. 이러한 모순은 카프카가 직장과 창작 사이에서 균형을 잡으려고 얼마나 애썼

는지 짐작하게 해준다.

작가로서 카프카는 약 40편의 완성된 산문 텍스트를 후
대에 남겼다. 게다가 오늘날 최종적인 것으로 간주되는 그의
작품들의 결정판Kritische Ausgabe에서 총 3,400여 쪽에 달하는,
일기와 3편의 미완성 장편소설을 포함한 문학 단편斷片들을
만들어냈고 약 1,500통의 편지를 작성했다. 카프카는「변신」
에서 무자비한 자본주의 현실에 매여 있는 인간의 진짜 모습
인 '벌레'를,『실종자』에서 능률지상주의 사회인 미국을 배경
으로 하여 이러한 사회에 적응하지 못하는 한 소년의 몰락 과
정을,『소송』에서 '법정'으로 상징되는 감시하고 처벌하는 권
력에 의해 '개처럼' 처형당하는 한 개인을, 그리고『성』에서
개인과 관료제 사회와의 충돌과 관료제 사회에 저항하는 개
인의 투쟁을 묘사한다. 카프카는 생전에 출판했던 작품들은
사후에도 계속 남겨두려고 했지만, 끝까지 마무리하지 못한
작품들은 모두 없애기를 원했다. 카프카가 유언에서 브로트
에게 내린 지시에 따라서, 그런 작품들은 모두 없어질 운명이
었다. 그러나 브로트는 카프카의 지시를 따르지 않았다. 그리
고 그 덕분에 우리는 카프카의 작품 세계를 보다 깊이 들여다
볼 기회를 얻게 되었다.

카프카의 문학 작업은 공동체와 관계를 맺기 위한 수단
이었다. 불확실하고 불명료한 카프카의 의식은 글쓰기를 통
해 명료하고 자유롭게 되었다. 따라서 카프카에게 글쓰기는

자아실현을 위한 길인 동시에 살아보지 못한 삶의 대용물이기도 했다. 카프카에게 글쓰기는 자신의 문제들을 해결하기 위해 다른 사람들을 끌어들이려는 시도였다. 카프카는 글쓰기를 통해 의미 상실의 절망을 글쓰기의 즐거움과 유희로 뒤집으면서 끊임없이 권력의 담론에 저항하는 "지상의 마지막 한계를 향한 돌진"(일기, 1922년 1월 16일)을 속행했다.

2. 카프카와 아포리즘

질병 때문에 카프카는 자신의 삶을 철저하게 시험할 필요를 느끼게 되었다. 카프카는 질병이 다른 어떤 수단에 의해서도 얻을 수 없는 "자유와 구원에 이르는 법"(구스타프 야누흐, 『카프카와의 대화』, 편영수 옮김, 지만지, 2013, p. 349)을 선사해준다고 생각했다. 카프카는 자신이 폐결핵에 걸렸음을 확인하고 난 후 "엄청난 작업"을 계획하고 "결정적인 것들"에 대한 관찰들을 기록하기로 결심한다(일기, 1917년 11월 10일). 카프카의 삶에서 그 어떤 사건도 폐결핵의 발병(1917년 8월에서 9월 사이)과 진단만큼 중요한 분기점은 없었다. 생사의 기로에 선 그 순간 카프카는 새로 습득한 아포리즘의 형식을 자기 분석을 위해, 더 정확하게 말하면 거리를 만드는 자기 객관화를 위해 이용한다. 카프카에게 아포리즘은 그의 비유적 글쓰기를 자유롭게 펼치게 해주는 표현 수단이었다. 아포리즘이 간결함을 통해 형식적 완결성이라는 이상의 실현을 가능하게 한다는 점에서, 또 철저히 논리적이지는 않게 제시되는 근거가 독자에게 자발적인 사상적 논쟁을 요구한 다는 점에서 카프카는 아포리즘의 형식을 선호했다.

카프카는 1917년 10월 19일에서 1918년 2월 26일 사이에 그리고 1920년 8월과 9월에 두 권의 팔절판 노트에 아포리즘을 썼다. 이 두 권의 팔절판 노트가 취라우 시절의 유일하고 중요한 작품 구상이었다. 허구의 텍스트는 몇 편밖에 만들어지지 않았다. 카프카가 팔절판 노트와 병행하여 썼던 일기도 대략 1917년 11월 중순에 중단됐다. 대부분 정확하게 날짜를 기입한 두 권의 팔절판 노트에는 '아포리즘'으로 간주될 수 있는 240개의 짧은 텍스트가 담겨 있었다. 카프카는 인과 법칙에 따른 사고와 목적 지향의 사고에서 뛰쳐나가려고 애쓰는 자기성찰을 이 두 권의 팔절판 노트에 상세하게 기록했다. 다음의 성찰은 자신이 계획한 '엄청난 작업'에 대한 주석으로 읽힐 수도 있다.

나의 모든 것, 가정생활, 우정, 결혼, 직업, 문학 등, 이 모든 것을 실패하게 하거나 실패하지 않게 하는 것은 게으름, 악의, 서투름이 아니라 [⋯] 대지, 공기, 계율의 결핍이다. 이것들을 창조하는 일이 나의 과제다. [⋯] 내가 아는 한, 나는 삶에 필요한 것들을 하나도 갖고 태어나지 못했다. 내가 지니고 있는 것이라고는 일반적인 인간적 약점뿐이다. 이 약점을 이용해 나는 내 시대의 부정적인 것을 적극적으로 수용한다. 이 점에서 부정적인 것은 하나의 엄청난 힘이다. 나는 시대의 부정적인 것과 아주 친숙하며, 부정적인 것을 극복할 자격이 아니라 사실상 대표할 자격을 지니고 있다. 긍정적인 것으로 전환될 수 있는 극단의 부정적인 것과 눈곱만큼의 긍정적인 것, 그 어느 것에도 나는 관심이 없다. 물론 나는 키르케고르처럼 이미 무겁게 가라앉는 기독교라는 손에 의해서 삶으로 인도되지도 않았고, 시온주의자들처럼 날아가 버리는 유대교 사제복의 끝자락을 잡지도 않았다. 나는 끝 아니면 시작이다. (팔절판 노트, 1918년 2월 25일)

카프카와 종교, 특히 유대적인 것(유대교, 유대 신비주의, 하시디즘, 카발라)과의 관계는 그의 작품과 개성을 이해하는 데 중요한 요소이다. 카프카는 구약성서에서 자극을 받았다. 그는 구약의 신神 관념과 율법의 명령을 자아와 세계를 이해하는 기회로 삼았다. 그러나 카프카는 키르케고르 같은 기독교인들과 시온주의자들 같은 유대교 후계자들과 거리를 두면서 "나는 끝 아니면 시작이다"라고 자신을 정의한다. 카프카는 삶의 마지막까지 유대교와 유대 전통과 거리를 유지했

다. 브로트에 따르면 카프카보다 더 깊이, 더욱 확실하게 믿
는 사람도 없었고, 카프카보다 더 신랄하면서도 회의적인 인
간도 없었다. 카프카에게는 이러한 상반된 두 가지 특성이 통
합을 이루고 있었다. 카프카는 모든 믿는 사람들 가운데서 환
상과 가장 거리가 멀었으며, 환상이 없이 세계를 있는 그대로
바라보는 사람들 가운데서 가장 믿음이 강한 사람이었다.

3. 아포리즘에 나타난 카프카의 사유방식

역설은 그 수수께끼 형상으로 충격을 가해서 정체된 사고를
움직이게 한다. 하지만 카프카의 역설은 전통적 역설처럼 모
순의 해소를 유도하지 않고 '전복'과 '전향'을 무한 반복함으
로써 모순을 드러내 의미의 확정을 불가능하게 만든다. 카프
카는 아포리즘에서 전통적 역설인 '전복'과 통속적인 사고로
부터의 이탈을 뜻하는 '전향'을 결합한 '미끄러지는 역설'(게
르하르트 노이만)이라는 사고의 법칙을 사용해서 이미 확립
된 개념들을 끊임없이 유동적으로 만들고, 독자를 '정상적이
며' 논리 정연한 사고 습관에서 벗어나게 한다. 이로써 독자
는 카프카의 작품 앞에서 혼란을 겪고 감각이 예민해진다. 예
를 들면 성서의 "찾아라, 그리하면 너희가 찾을 것이다"(「마
태복음」, 7장 7절)라는 구절은 카프카에게서 "찾는 자는 찾

지 못하나, 찾지 않는 자는 찾는다"(팔절판 노트, 1917년 12월 13일)로 변화된다. 익숙한 논리에서 비논리로의 '전향'이 발생한다. 이로써 성서의 진술은 효력을 잃는다.

또 전승된 것을 '전복'하려는 카프카의 성향을 보여주는 하나의 예는 다음과 같은 표현이다. "우리는 바벨의 갱坑을 판다"(메모장, 1922년 여름). 이 표현은 '바벨탑 건설'에 대한 성서의 이야기(「창세기」, 11장 1~9절)를 역설적으로 뒤집은 것이다. 카프카는 '바벨의 갱'을 건설한다. 이것은 바벨탑을 건설하지 않는다는 것을 의미한다. 카프카는 '바벨의 갱'을 바벨탑처럼 위를 향해 건설하지 않고, 심연을 향해, 내면을 향해 건설한다. 카프카는 '바벨의 갱'이 바벨탑 건설이 초래한 언어의 혼란에서 벗어나 원래의 언어의 통일로, 사람들 사이의 의사소통과 사람과 신과의 의사소통으로 이끌 것을 기대하는 것이다.

카프카는 '전복'과 '전향'의 서술 전략을 사용해서 독자를 관습적인 사고 과정을 뜻하는 "살인자들의 대열"(일기, 1922년 1월 27일)에서 뛰쳐나오게 해서 "아르키메데스의 점"(일기, 1920년 1월 13일)에 도달하게 만든다. '아르키메데스의 점'이라는 표현은 고대 그리스 철학자 아르키메데스가 충분히 긴 지렛대와 그것이 놓일 만한 장소만 주어진다면 지구라도 들어 올릴 수 있다고 주장한 데에서 유래한 것이다. 카프카의 '아르키메데스의 점'은 종래의 전통적인 사고방식과 고

정관념을 일시에 타파해버리는 획기적인 시점으로, 아웃사이더적 존재 방식과 그에 상응하는 새로운 관점인 "고차원의 관찰 방법"(일기, 1922년 1월 27일)이다. 카프카는 누구나 되돌아오는 것이 불가능한 이 아르키메데스의 점에 도달할 수 있다고 말한다(팔절판 노트, 1917년 10월 20일). 이는 곧 '아르키메데스의 점'에 도달하는 것이 가능하다는 말이며, 또한 '아르키메데스의 점'에 도달할 필요가 있다는 말이기도 하다. 「변신」의 주인공 그레고르 잠자는 '벌레'로의 '변신'을 통해, 『실종자』의 주인공 카를 로스만은 거듭된 '추방'을 통해, 『소송』의 주인공 요제프 K는 이유 없는 '체포'를 통해, 『성』의 주인공 K는 성의 '소환'을 통해 '아르키메데스의 점'에 도달한다. 그리고 독자는 카프카의 '작품'을 통해 그에 도달한다. '아르키메데스의 점'에 도달해야 하는 이유는 '아르키메데스의 점'에 도달하지 않으면, 인간은 진실을 획득하지 못하기 때문이다. 카프카에 따르면 "진실은 모든 사람이 살아가기 위해서 필요한 것으로 진실이 없는 삶은 불가능하다"(『카프카와의 대화』, p. 344).

4. 아포리즘에 나타난 카프카의 세계 해석:
'인류의 타락'에 대한 해석을 중심으로

카프카의 아포리즘은 신, 존재, 낙원, 죄, 구원 등 신학의 근본 문제들을 회의적으로 혹은 아주 부정적으로 다룬다. 카프카의 아포리즘에 등장하는 신화들 가운데 가장 중요한 신화는 '인류의 타락' 신화이다. 카프카는 구약성서를 읽으면서 인류의 타락에 흥미를 느꼈다(일기, 1916년 6월). 성서에서 인류의 타락은 인간이 죄를 지은 이유와 구원이 필요한 이유를 설명하는 신화이다. 성서에 의하면 하나님은 고의로 생명나무의 열매를 먹지 못하게 했다. 그 이유는 생명나무의 열매가 인간을 하나님과 동등하게 만들지도 모르기 때문이다(「창세기」, 3장 22절). 그러나 카프카는 인간이 생명나무의 열매를 먹지 못해서 하나님같이 되진 못했지만, 인식의 나무의 열매(선악과)를 먹어서 하나님의 인식을 소유하게 되었다는 사실을 강조한다. 카프카는 인간이 낙원에서 추방된 이유를 인류의 타락이 아니라, 하나님이 생명나무의 열매를 먹지 못하게 한 것에서 찾는다(팔절판 노트, 1918년 1월 20일). 카프카는 인간에게 낙원에서 추방당한 책임이 없다고 말하는 것이다.

낙원에 대한 생각에서도 독특한 역설이 전개된다. 카프카는 인간이 낙원에서 추방당한 사건을 일회적이며 일시적인 사건이 아니라, 영원히 반복되는 사건으로 새롭게 해석한다. 카프카는 '낙원에서의 추방'이라는 사건이 영원히 반복되기 때문에 우리는 언제나 낙원에 살 수 있을 뿐 아니라, 낙원에 언제나 머무를 수 있다고 말한다(팔절판 노트, 1917년 12월 12일). 이것은 종교적 원죄설을 완전히 뒤집는 것이다.

그렇다면 카프카의 신앙은 무엇일까? 카프카에게 신앙은 '인격신'(유대교와 기독교의 하나님—옮긴이)에 대한 믿음이 아니라 인간의 내면에 존재하는 '파괴할 수 없는 것'에 대한 믿음이다. 카프카에 따르면 "인간은 자기 내면에 존재하는 파괴할 수 없는 것에 대한 지속적인 믿음 없이는 살 수 없다"(팔절판 노트, 1917년 12월 7일). '파괴할 수 없는 것'은 모든 인간의 내면에 존재하는 신성神性을 말하는데, 인간은 '인격신'에 대한 믿음 때문에 자신의 내면에 존재하는 '신성'을 감지하지 못하고 있다고 카프카는 주장한다(팔절판 노트, 1917년 12월 7일). 카프카는 인간이 자신의 내면에 존재하는 '파괴할 수 없는 것'을 믿으면서 그것을 얻으려 애쓰지 않는 것이 완전한 행복의 가능성(팔절판 노트, 1917년 12월 19일)이라고 말한다.

카프카는 자신의 글을 특정한 의미로 묶어두려 하지 않는다. 그렇게 하는 목적은 자신의 글을 새롭게 해석할 수 있는 가능성을 제공하기 위한 것이다. 카프카가 '아포리즘'을 통해 독자에게 말하려는 것은 무엇일까? 그것은 세계에 대한 상투적이며 고정된 해석을 깨는 즐거움을, 그로부터 벗어난 해방감을 만끽하라는 것이다. 무관심하게, 어쩌면 어느 정도의 책임감에서 돈키호테를 따라 원정에 나서는 자유인 산초 판자처럼(「산초 판자에 관한 진실」, 1917년 10월 21일), 생을 마칠 때까지 카프카를 따라 원정에 나서 크고 유익한 사유의 즐거움을 맛보라는 것이다.

카프카의 아포리즘은 카프카의 유년 시절과 교육, 작가로서의 정체성, 성과 섹슈얼리티, 문학(예술)관, 그리고 카프카의 종교와의 관계 등을 다루고 있다. 이는 크게 '인생'과 '예술' 그리고 '신앙'이라는 세 가지 범주로 구분할 수 있다. 이 책에서는 이 세 가지 범주 중에 인생과 신앙을 하나로 묶어 "인생에 대하여"라는 제목을 붙이고, 예술은 따로 "문학에 대하여"라는 제목을 붙여 2부로 구성했다. 그리고 각각 다섯 가지 하위 범주를 두었다.

카프카는 자신의 문학을 통해 독자에게 그들이 권력(정치, 경제, 종교 권력)의 담론에 얽매여 있다는 것을 깨닫게 하려고 한다. 그는 독자를 자극해서 권력의 담론에 저항하고 그로부터 벗어나려는 시도를 감행하게 한다. 카프카는 독자에게 혁명적인 투쟁을 직접 호소하지 않지만 소외 의식을 불러일으킴으로써 '현실'을 변화시키려는 의지를 일깨운다. '현실'이 달라져야 한다는 사실을 깨닫게 해준다는 점에서, 역설적으로 카프카 문학은 긍정적일 수도 있다. 카프카에게 글쓰기가 감시하고 처벌하는 권력의 담론에 저항하는 무기였다면, 독자에게 그 무기는 바로 카프카의 텍스트를 읽는 행위일 것이다.

작가 연보

1883	7월 3일 프라하에서 상인 헤르만 카프카와 율리에 카프카(결혼 전 성은 뢰비) 사이의 장남으로 출생. 이후 남동생 둘은 영아 때 사망하고, 여동생 세 명이 태어남.
1889~1893	독일계 학교인 플라이슈마르크트 초등학교에 다님.
1893~1901	구도시의 킨스키궁홀에 위치한 독일계 김나지움에 다님. 김나지움에 들어간 지 얼마 지나지 않아 글을 쓰기 시작함.
1901	7월 김나지움 졸업자격시험을 치름.
1901~1906	프라하의 독일계 대학인 프라하 대학에서 수학. 처음에는 화학, 독일문학, 예술사 강의를 듣다가 최종적으로 법학을 공부하기로 결심함.
1902	10월 막스 브로트와 처음 만남.
1904	단편「어느 투쟁의 기록Beschreibung eines Kampfes」집필 시작.
1906	6월 법학박사학위 취득 국가시험을 치르고, 알프레트 베버 교수로부터 법학박사학위를 받음. 「어느 투쟁의 기록」초판 완성.
1906~1907	프라하 지방법원과 형사법원에서 법무 실습을 함.
1907	미완성 단편「시골에서의 결혼 준비 Hochzeitsvorbereitungen auf dem Lande」집필. 프라하에 있는 이탈리아계 보험회사에 입사해 1908년 7월까지 근무.

1908	3월 작품을 처음 발표. 격월간지『히페리온*Hyperion*』에 "관찰Betrachtung"이라는 제목으로 짧은 산문들을 발표함. 7월 30일 프라하의 반半국영 노동자산재보험공사에 임시 관리로 입사. 오전 8시부터 오후 2시까지 근무. 이후 1913년 부서기관, 1920년 서기관, 1922년 수석서기관으로 승진.
1909	초여름부터 일기를 쓰기 시작함. 9월에는 막스 브로트와 그의 동생 오토 브로트와 함께 북부 이탈리아로 여행을 떠남. 곧이어 프라하 일간신문 『보헤미아*Bohemia*』에 이탈리아 브레시아에서 열린 비행기 에어쇼를 관람하고 쓴 보고문을 기고. 가을에는 「어느 투쟁의 기록」 제2판을 집필하기 시작.
1910	3월 말 비교적 짧은 산문들이 "관찰"이라는 제목으로 『보헤미아』에 실림. 10월에는 막스 브로트, 오토 브로트와 함께 파리로 여행을 떠남.
1911	여름에 막스 브로트와 함께 스위스, 북부 이탈리아, 파리로 여행. 9월 말에는 취리히 근교 에를렌바흐 자연치료 요양원에 머무름. 몇 달 동안 프라하에서 순회공연 중이던 동부 유대인 극단과 만남. 극단 배우 이차크 뢰비와 우정을 나눔. 12월, 아버지가 가족 소유의 석면회사에 신경을 쓰지 않는다는 이유로 카프카를 비난함. 근무를 하지 않는 오후에 회사를 감독하겠다고 아버지와 약속함.
1912	6월 체코의 무정부주의자 프란티셰크 소우쿱의 "미국과 관료제도"라는 제목의 슬라이드 강연을 들음. 이 강연이 미완의 장편소설『실종자*Der Verschollene*』 구상에 자극을 주게 됨. 여름에 막스 브로트와 함께 라이프치히와 바이마르를 여행함. 이어서 하르츠의

슈타펠부르크 근처 융보른에 있는 자연치료
요양원을 찾아감. 8월 프라하에 있는 막스 브로트의
집에서 펠리체 바우어와 처음 만나고, 9월부터
펠리체 바우어와 편지를 주고받기 시작함. 단편소설
「선고Das Urteil」와 「변신Die Verwandlung」 집필. 겨울에
장편소설 『실종자』를 일부 완성(막스 브로트에 의해
1927년 "아메리카"라는 제목으로 처음 출간됨).
12월 카프카의 첫번째 책이 라이프치히의 에른스트
로볼트 출판사에서 『관찰Betrachtung』이라는 제목으로
출간됨.

1913   펠리체 바우어와 편지를 자주 주고받음.
        5월 말 「화부Der Heizer」(장편소설 『실종자』의
        제1장)가 쿠르트 볼프 출판사의 '최후의 심판Der
        jüngste Tag' 시리즈로 발표됨. 6월 초 「선고」가
        『아르카디아Arkadia』 연감에 발표됨. 9월 빈, 베니스
        그리고 리바를 여행함.

1914   6월 1일 베를린에서 펠리체 바우어와 공식적으로
        약혼. 7월 12일 펠리체와 파혼. 7월 뤼베크를 거쳐
        덴마크의 온천장 마리엔리스트로 휴가를 떠남. 8월
        초에 『소송Der Prozess』을 쓰기 시작함. 단편소설
        「유형지에서In der Strafkolonie」를 집필함.

1915   파혼 이후 펠리체 바우어와 1월에 처음 재회. 잡지
        『디 바이센 블래터Die weißen Blätter』 10월호에
        「변신」을 발표함. 카를 슈테른하임이 '존경의 표시'로
        자신에게 수여된 폰타네 문학상 상금을 카프카에게
        전달함.

1916   펠리체 바우어와 다시 친밀한 관계를 맺음. 7월
        그녀와 함께 마리엔바트로 휴가를 떠남. 시, 희곡,

산문, 산문소품, 비유설화, 단장斷章 등을 팔절판
노트에 기록하기 시작함. 10월 말 쿠르트 볼프
출판사의 '최후의 심판' 시리즈 34권에 「선고」를
발표함. 11월 뮌헨에서 「유형지에서」 낭독회를 함.

1916~1917   수많은 단편이(특히 이 작품들은 단편집『시골
의사*Ein Landarzt*』에 실린다) 프라하 흐라드신 성城
근처의 연금술사 골목, 여동생 오틀라가 세를 얻어
수리한 작은 집필실에서 탄생함.

1917   초여름에 히브리어를 배우기 시작함. 7월 프라하에서
펠리체와 다시 약혼. 8월에 폐결핵의 징후가 나타남.
9월 4일 폐결핵 진단을 받음. 11월에 오틀라는
프라하로 와서 가족에게 비밀로 부쳤던 카프카의
병을 아버지에게 솔직하게 털어놓음. 오틀라는
오빠의 부탁을 받고 노동자산재보험공사를 찾아감.
소농으로 시골에서 여생을 보낼 계획을 한 카프카는
노동자산재보험공사에 연금을 신청하지만 연금
지급을 거부당함. 12월에 펠리체 바우어와 다시
파혼. 파혼의 표면상 이유는 카프카의 질병이었음.
펠리체 바우어는 카프카와 헤어지고 2년 후 은행가와
결혼하고, 1936년 가족과 함께 미국으로 이주함.
잡지『유대인*Der Jude*』에 「학술원에 보내는 보고서Ein
Bericht für eine Akademie」가 게재됨.

1917~1918   여동생 오틀라가 경영하는 보헤미아 북부 취라우의
농장에서 요양 휴가를 보냄. 수많은 아포리즘이
탄생함.

1919   5월에 「유형지에서」가 쿠르트 볼프 출판사에서
출간됨. 9월에 율리에 보리체크와 약혼. 11월에
「아버지에게 드리는 편지Brief an den Vater」가 탄생함.

1920   1~2월 아포리즘「그Er」를 집필하기 시작. 밀레나
            예젠스카와 편지를 주고받게 됨. 밀레나는 카프카의
            「화부」를 체코어로 번역함. 3월에『카프카와의
            대화*Gespräche mit Kafka*』의 저자 구스타프 야누흐를
            알게 됨. 4월에 메란으로 요양 휴가를 떠남.
            7월 율리에 보리체크와 파혼함.

1920~1921   마틀리아리의 타트라고원에 치료를 목적으로 1920년
            12월 중순부터 1921년 8월까지 머무름. 여기서 후일
            자신의 임종을 지키게 될 동료 환자이자 의대생인
            로베르트 클롭슈토크를 알게 됨. 1921년 10월 초에
            밀레나에게 자신의 일기를 모두 넘김.

1922   1월 말에서 2월 중순 사이에 고산지대인
            슈핀델뮐레에 머무름. 장편소설『성*Das Schloß*』을
            집필하기 시작함. 이해에「단식 광대Ein
            Hungerkünstler」「어느 개의 연구Forschungen
            eines Hundes」등이 탄생함. 7월 1일 카프카는
            노동자산재보험공사에서 면직됨. 6월 말부터 9월까지
            남부 보헤미아 지방의 루쉬니츠 강변에 위치한 숲
            속의 작은 마을 플라나에서 보냄.

1923   7월 초에 발트해의 온천장 뮈리츠에서 도라
            디아만트와 처음 만남. 9월에는 베를린으로 이사해
            도라 디아만트와 함께 지냄. 「작은 여자Eine kleine
            Frau」가 탄생함.

1924   병세가 급속도로 악화됨. 3월에 막스 브로트와 함께
            프라하로 돌아옴. 「요제피네, 여가수 혹은 쥐의
            족속Josefine, die Sängerin oder Das Volk der Mäuse」이
            탄생함. 4월에는 오스트리아 남부의 오르트만에
            있는 '비너발트' 요양원에 머무름. 그 후 빈 대학병원

하예크 교수 클리닉에서 며칠을 보냄. 마지막으로 빈 근교 키얼링에 소재한 호프만 박사 요양원으로 옮김. 단편집『단식 광대』의 교정을 보기 시작함. 5월 12일 막스 브로트가 카프카를 찾아옴. 6월 3일 카프카 사망. 6월 11일 프라하-스트라슈니츠의 유대인 공동묘지에 묻힘. 그로부터 몇 년 후 미출간 작품을 없애 달라는 유언을 무시하고 막스 브로트가 그의 작품들을 출간함.